Tang Poetry in Paintings

画说唐诗

张风塘 绘著

上海三联书店

目录

序

画说唐诗

诗画浅说

/ 序 /

诗画之境可远寻

周笃文

诗者有声之画，画者无声之诗。宋人东坡有云：“味摩诘之诗，诗中有画；观摩诘之画，画中有诗。”此语既出，便为丹青墨客奉之圭臬，千年未曾易也，诗画同源亦由此滥觞。若言中国画技法源于书法，其意境则必追源于中国之诗词。以诗词意境为绘事题材已渐成一约定之模式，践行者层出不穷、不胜枚举：如近代陆俨少之《杜甫诗意百册》、傅抱石之《白居易诗意册》……成就之深，影响之远，有目而共睹。

吾挚友张风塘，诗词书画之才俊也！闻其近年来涉足于唐诗宋词意境绘画创作，且质量数量极为可观，吾遂于2018年夏月于青岛讲学期间，专程至青岛画院拜访，得以观摩其闲暇时所作唐人诗意绘画作品二百余件，虽非巨幅，然盈尺小品每每精彩迭出令人震撼，叹为观止！纵观张风塘先生之作，并非简单找寻经典之诗句进而以图画再现诗中之场景。而是切身立于作者之立场，准确定位诗人之思想意图，进而着重将诗人之精神世界定格为特定之场景画面，以便观者欣赏此画时，更为直观且深入领会诗作之思想意境。仅此一点，便能深切感受张风塘先生于诗词研究与绘画表现过程中所做探索之深刻、劳动之辛勤，实属不易也！

由此观之，中国画者，中国文化之高端外在表现形式也，与西方之绘事有本质之区别——它是集思想、哲学、历史、文化于一体之精神表现。诗言志，画亦言志，《雕龙》有言："一切景语皆情语"，又言"登山则情满于山，观海则意溢于海"，意境为上，寓情于景，内敛含蓄，予观者更广袤之思考空间。由此对观者必然有更高之要求——观者须有一定之文化艺术修养，方可真正体悟中国画诗词意境作品之妙处。于此，不可不深思之！

吾虽年迈，八十有七！虽不敢言阅尽人情、踏遍世路，然大抵一生诗词作伴之故，予常心随天籁，老夫常发少年之狂，追王勃之桀骜，思东坡之豪迈，少有"也携残酒送流年"之感伤。于后学之年青一代交为挚友，亦是人生一快事也！

得知张风塘爱好诗词且精研书画，能将唐人诗意图编辑成册，付梓出版，难能可贵！写此短文，以贺之！

2021年中秋节于贵阳老籁阁

/ 序 /

心景别录

读张风塘之《画说唐诗》记

杭春晓

风塘兄多年研读唐诗之心得——《画说唐诗》即将付梓，因私交之谊而嘱不通诗书的我撰文为序，甚是惶恐。风塘兄年长于我，待人谦和诚挚，秉学术与公心执青岛画院，多有嘉誉而为人所重。其山水，以长锋秃毫写笔墨皴擦，如运千斤之斧作方寸之工，别有肆意厚拙之趣。尤其海景山水，波涛跌宕，乃旧时文人画未有之象，可谓进乎古人而感乎当下。

东临碣石而居，风塘兄慕汉唐雄风，心有所属。年来读诗作画，全然游离画界之浪潮云起，亦是雅事。以文为图，看似简单，实难于对景写物。对景写物，以笔墨之目证万物之目，两相校验，终不离视觉之界。然读诗之感，付诸案头笔耕，文之思绪万千，落于尺牍者不过寥寥。何以经营？其中之难，远非实录眼中之景所能比拟。诚如“山随平野尽，江入大荒流”，太白《渡荆门送别》之诗意起承之句，若以字面之景写山川、平野与江流，恐难得“仍怜故乡水，万里送行舟”之别乡离愁。风塘兄似得其真，将之比于子美之“星垂平野阔，月涌大江流”，以行舟暂视与停舟细观之别，紧扣“入”字以解兼程道别之意。抑或得益如此剥笋之思，风塘所画太白诗意，取荆门中断之险绝，以“出”之行舟喻“入”之江流，舟上旅者卧游远望，颇具“万里送行舟”之惆怅空灵。

今人所处之时，车流穿行若夜空流星，朝起夕达而熙熙攘攘，难有片刻之澄净。故乡别离，松下问道，犹昨日之童话而难能体察。古人所谓心斋者，堪称奢侈之奢侈。值此纷扰尘世，风塘兄逆流而行，探古访幽，以一管之笔拟诗中真昧，实属难得。纵非尽得唐人之思，亦能以一己之感，写江天一色的千古一思。正所谓“人生代代无穷已，江月年年只相似”，并非这世界变化得让我们难以体察古人，而是我们已然沉迷霓虹灯下，难以自拔。是故，风塘兄的“画说唐诗”，或能于此喧哗之际，若赵州和尚之片纸顿悟，度化有缘之人，于匆匆逐流之疲乏，驻足回思，得片刻之澄净。然风塘兄谦逊古雅，未有如此之期。其所自谓之“画说唐诗”，乃一己心景以印古人之境。纵如此，风塘兄于数百首唐诗的纵横之间，能在一诗一画的自我言说间，得古人风雅之趣，于今日之世，亦是难得之难得。

较之风塘兄，余居京华之流水繁华，初鸡鸣晨而昏鸦争噪，难能片刻澄净，实是惭愧。抑或因此，翻阅风塘兄之《画说唐诗》，追忆年幼时的诵古咏韵，一时感慨良多。所谓“路遥遥，水迢迢，功名尽在长安道”，昨日少年今日老，不曾想已然到了怅然青山依旧好的年纪。于是，絮絮数语，难称序言，仅为羡风塘兄得鱼游之渊，遐来日自己能得澄净之期。

辛丑初夏于借声楼

画说
唐诗

渡荆门送别

李白

渡远荆门外，
来从楚国游。
山随平野尽，
江入大荒流。
月下飞天镜，
云生结海楼。
仍怜故乡水，
万里送行舟。

我乘船渡江到遥远的荆门之外，来到战国时期的楚国境内游览。高山随着渐渐隐去的平野伸展，江水奔流，一望无边，就像一片广袤的原野。波中的月影好像天上飞下来的明镜，云层缔结成为绮丽的海市蜃楼。至今仍然怜爱这来自故乡的滔滔江水，奔腾万里伴我行舟。

这首诗是李白青年时期离别家乡出蜀至荆门而作。气象开阔，从诗中可以感受到诗人意气风发、充满襟怀抱负之感，恰如李白之心境。

“渡远荆门外，来从楚国游。”青年诗人此行的目的就是到楚国故地（湖北、湖南）一带游览，沿途观赏巫山两岸，由水路经巴渝，出三峡，直向荆门山。“山随平野尽，江入大荒流。”穿过荆门，便是一番开阔景象，山岭起伏，随着平野律动，一直消失到极远处，江水滔滔，找不到边际，就像辽阔的荒原。此句常与杜甫的“星垂平野阔，月涌大江流”相比，在《李太白全集》有王琦注：“丁龙友曰：胡元瑞谓‘山随平野尽，江入大荒流’，此太白壮语也；子美诗‘星垂平野阔，月涌大江流’二语，骨力过之。予谓李是昼景，杜是夜景；李是行舟暂视，杜是停舟细观：未可概论。”而画者认为本句更多体现的是平地的广阔壮景，杜诗侧重的是水天相接之感。“入”字的使用又与王湾的《次北固山下》中“海日生残夜，江春入旧年”中的“入”字有同样的意蕴。其实仅从这一句便能展现整首诗的韵味。“月下飞天镜，云生结海楼。”

诗人日夜兼程，夜晚看到月亮倒映，像一面镜子，白天看到云层叠嶂，烘托着海市蜃楼。“仍怜故乡水，万里送行舟。”诗人踏上行舟，一路由到荆门，渡荆门送别，其中依依惜别之意是由故乡水来完成的。

《渡荆门送别》虽为青年李白所作，但其诗意别有意趣，出蜀离乡准备行走世界的青年，来到荆门外，看到一幅山高水远的广阔天地，自是充满了对外界的好奇与欣喜。后来成熟的李白感情洒脱，恣肆狂放，而鲜有小儿女依依离别的沾巾之泪，其对家乡的不舍，也只有从这首诗中窥得一二了。

黄鹤楼送孟浩然之广陵

李白

故人西辞黄鹤楼，
烟花三月下扬州。
孤帆远影碧空尽，
唯见长江天际流。

浩然我友在西边辞别了黄鹤楼，在花开似烟云的三月顺流而下去往扬州。孤独的帆影逐渐消失在水天相接处，只见滚滚长江水流淌，好像在天边一样。

几年前李白与孟浩然相识，公元728年左右，李白得知孟浩然要去广陵，便邀请其在武汉相会，离别时李白送孟浩然到江边，写下此诗，又数年后，李白前往襄阳探望孟浩然，写下了《赠孟浩然》。坊间多言前有崔颢《黄鹤楼》之珠玉，李白不敢提笔，在画者看来，倒是李白借了崔颢之文气，延续了黄鹤楼景中的悠远。

春天总充满了热闹。“故人西辞黄鹤楼，烟花三月下扬州。”与故人孟浩然在黄鹤楼分别，送其去东边的扬州城。这一路萦绕着一片一片的花簇，远看去烟雾迷蒙，这次分别毫无不舍与凄楚，反而离别之人在水路两边花朵的陪伴下一路顺流而下，气氛充满了热闹与欢欣，有明丽的颜色，蘅塘退士评曰“千古丽句”，诚然。“孤帆远影碧空尽，唯见长江天际流。”送别了好友，目送着帆影一路远去，直到与远处的晴空融为一体，人影不再，只有天边的长江水在流淌。此时与其说是李白被崔颢的文采所慑不敢提笔，不如说他借用了“昔人已乘黄鹤去，此地空余黄鹤楼。黄鹤一去不复返，白云千载空悠悠”中的意味，把孟浩然看作是崔诗中的黄鹤，离开之后只剩白云，而孟浩然走后，也只剩下长江向远方逝去，就像通到了天上一般。

《黄鹤楼送孟浩然之广陵》是一首少年感十足的诗，此时的李白意气风发，虽也数年蹭蹬，但毕竟尚没有经历宫闱朝堂的丑陋和现实的诸多残酷，所以孟浩然之走，也似仙人远游，而留守之人，也可欣赏碧空与长水，实在是赋予离别一种完全不同的心境。近些年来时时喜欢描画李白不同时期的风貌，细品细赏其中的细微变化，这是岁月在诗人身上留下的痕迹，又何尝不是画者努力想依借“想念李白”回望自己的“鲜衣怒马少年时”？

赠孟浩然

李白

吾爱孟夫子，
风流天下闻。
红颜弃轩冕，
白首卧松云。
醉月频中圣，
迷花不事君。
高山安可仰，
徒此揖清芬。

我独爱孟夫子，他为人高尚风度潇洒闻名天下。少年时期就不爱官冕车马，不入仕途，老年时分又归隐山间，卧在林松下，游于白云间。月夜下饮酒而醉，迷恋自然美景不事君主。这高山似的品格该如何仰望他，只有在此揖敬他芬芳的道德光华了！

李白与孟浩然曾度过一段饮酒唱和、携手遨游的时光，不事王侯、不重名利、超拔脱俗的气质是二人的共同点，所以李白多有诗写给孟浩然。孟夫子比李白大十二岁，李白作此诗时他正归隐襄阳，而正当年的李白却在四处奔走，到处干谒而不得，面对气格高于一众诗人的孟夫子，自然是感到高山仰止。

“吾爱孟夫子，风流天下闻。”孟夫子才情并俱，其卓越的文学才华与超拔脱俗的人品在盛唐诸诗人中评价颇高，不仅李白爱，诗人群体中孟浩然的地位也不可撼动。“红颜弃轩冕，白首卧松云。”孟夫子之志趣年少时便可见，少年时代的孟夫子便对功名利禄毫无兴趣，虽也出于中国传统知识分子要入仕为国家作贡献的传统思想，也曾进京求取功名，但最终还是弃庙堂而去，到了老年更是遵从天性，隐居在鹿门山，与松林白云为伴。“醉月频中圣，迷花不事君。”清酒为“圣人”，浊酒为“贤人”，诗人爱酒，大诗人爱醉酒，乃是“中圣人”，孟夫子这一点爱好正与“斗酒十千”的李白一拍即合。爱山林风景，不向权贵谄媚，这一点更与“仰

天大笑出门去，我辈岂是蓬蒿人”的李白心意相通。“高山安可仰，徒此揖清芬。”诗经中：“高山仰止，景行行止。”李白对孟浩然却不是“虽不能至，心向往之”，而是意气相投，经历也类似，都是怀抱一颗“放白鹿于青崖间”的志向，在世俗中蹭蹬不得，最终回归自由意志。

古今爱唐诗者，无不爱太白，画者也常在其诗中品读无穷的意味。太白气质，大约落为几种格调，此诗为赞其同时人，却格外高古，大概与他追求古体的自然流走之势有关。

客中作

李白

兰陵美酒郁金香，
玉碗盛来琥珀光。
但使主人能醉客，
不知何处是他乡。

兰陵之地所出美酒充满郁金香气，用玉碗盛来散发琥珀般的熠熠光芒。只要主人用这美酒来招待我这个作客在他乡之人，我一定会醉得分辨不出这里究竟是故乡还是异乡。

《客中作》读来，想见末句一定给了“暖风熏得游人醉，直把杭州作汴州”以启发。李白与酒，是不可分离的两个好友，在其郁郁不得志之时，是酒给他抚慰；在其受重视，意气宣扬之际，是酒陪他放狂；在其终究回归性情，不侍权贵之后，又是酒陪他度过人生。羁旅之愁，唐诗多见，这与中国传统思想安土重迁有关，而作客异乡的李白却有着异常的乐观，可能这真是兰陵美酒的魔力。

“兰陵美酒郁金香，玉碗盛来琥珀光。”兰陵美酒是由郁金香加工，放在玉碗里会散发出晶莹醇厚的光泽，就像一碗琥珀一样。“但使主人能醉客，不知何处是他乡。”主人有酒请尽情端上，陪我一同喝酒，那我一定大醉一场，把此处认作是自己的故乡。

李白格调极高，重感情却不拘泥于乡愁，诗中充满人文情怀，对同僚朋友有着深厚的感情，时时作诗怀念。自离开家乡，即便现实生活再愁苦，也绝不把感情空泛地投诸怀旧怀乡之中。诗中讲可以不知何处是他乡，正是因“不愿一味思故乡”之故。所以画者描画兰陵之地，也极尽美化之能事，希望入兰陵者，皆愿为兰陵人。而李白所以“直把兰陵作涪陵”，正是因

为有好酒相待的主人。真正“醉客”的不是酒，而是一起喝酒的人，所以“客中作”必有“作客”之情之景。

《客中作》粗看在李白众诗中并无卓绝之处，然寥寥几句中却写了李白人生中最重要的两件事：酒与朋友。性情其真，画者叹之。

送贺宾客归越

李白

镜湖流水漾清波，
狂客归舟逸兴多。
山阴道士如相见，
应写黄庭换白鹅。

您家门口的镜湖，水面平如镜，绿如玉。号为四明狂客的你归乡荡舟游玩尽兴。古有王羲之写《黄庭经》向山阴道士换鹅，想必你也有如此幸运。

李白与贺知章有一段令人称羡的“忘年交”。在李白还不知名的时候其诗就被贺知章发现，惊叹于李白的诗才，甚至李白流传千古的“谪仙人”之名就是贺知章起的，为请李白喝酒，没带钱的贺知章取下佩在身上的显示官品级别的金龟，换取酒菜，还留下“金龟换酒”的佳话。后来也是贺知章举荐的李白，任为供奉翰林。从此，李白的名声鹊起。二人感情之深可见一斑。此诗是在贺知章以道士身份告老还乡，玄宗为其饯别之时，李白所赠。

“镜湖流水漾清波”，临别之日，李白知道贺知章憧憬着皇帝“诏赐镜湖剡川一曲”后的还乡生活，李白想象贺知章一定会对镜湖发生浓厚的兴趣，在那儿泛舟遨游。而贺知章在回乡后，也写下“离别家乡岁月多，近来人事半消磨。唯有门前镜湖水，春风不改旧时波”，想必作此诗时的贺知章，怕也是想起李白此诗，作为对“镜湖流水漾清波”的回应。“狂客归舟逸兴多”，贺知章算是唐朝诗人中少有的仕途生活均比较顺意的，即便到老依然狂放自由，还因其家乡附近的地名四明，而自号“四明狂客”。

“山阴道士如相见，应写黄庭换白鹅。”此处“黄庭”为误。洪迈《容斋随笔》有记：李

太白诗云:“山阴道士如相见，应写黄庭换白鹅。”盖用王逸少事也。前贤或议之曰:“逸少写《道德经》，道士举鹅群以赠之，元非《黄庭》。以为太白之误，予谓太白眼高四海，冲口成章，必不规规然旋检阅《晋史》，看逸少传，然后落笔。正使误以《道德》为《黄庭》，于理正自无害，议之过矣。”

究竟是《黄庭经》还是《道德经》在这里并无大差别，重要的是我们知道贺知章善草隶，得时人欣赏。李白书法也好，其《上阳台帖》乃思高笔逸的代表。想必二人交往中，除切磋诗艺，也没少交流书法艺术，想到此，画者真想能穿越到那时，加入二人的聚会中。爱此诗意，一为李白对友之情，一为贺老退休生活，均令人欣羡。画事毕，望画中其人，唯愿入画养鹅，享其逸兴也。

长相思

李白

长相思，在长安。
络纬秋啼金井阑，
微霜凄凄簟色寒。
孤灯不明思欲绝，
卷帷望月空长叹。
美人如花隔云端。
上有青冥之长天，
下有渌水之波澜。
天长路远魂飞苦，
梦魂不到关山难。
长相思，摧心肝！

我日夜的思念，思念之人在长安。秋夜里，纺织娘在井栏鸣叫，微霜寒凉，浸透了竹席。孤灯昏暗，思念如此浓烈，卷帘望月，徒然对空长叹。美人就像花一样，仿佛相隔在九天两端。上有长空渺渺，下有碧水幽幽。天长路远跋涉艰苦，任你做梦也飞越不了这重重关山。我日夜的思念啊，相思之情让人通断心肠。

长相思为李白被“赐金还山”后，离开长安又怀念长安之作。李白的情绪总是山高水远，凄楚迷离，在思念的迷雾下，另一侧的是女子？是君王？还是长安？又或者是在长安的自己，还是在长安中的一切，都不是很清晰。画者更希望在美人的形象下让观者自己赋予其含义。相思的对象可以不同，相思本身的情绪却是万人相通。

“长相思，在长安。络纬秋啼金井阑，微霜凄凄簟色寒。孤灯不明思欲绝，卷帷望月空长叹。”我思，写出来却是她之思，美人身影，又或者是李白自己的投射。在长安，那个孤独的幽居之人，络纬秋啼，时将晚矣，耳听着井边秋啼，秋凉霜降，寒气袭击了睡榻上的罩簟。起床，点一盏灯，灯光昏暗，却更惹人想念，卷起帷帐，空望月光，能做的只有一声长叹。

“美人如花隔云端”，至美之物在远方，在云的另外一端。“上有青冥之长天，下有渌水之波澜。天长路远魂飞苦，梦魂不到关山难。”我想要上下求索，去追寻想要之物。这种追寻，

在李白一生中有无数此回环，“蜀道之难难于上青天”，“君不见黄河之水天上来”，“我欲因之梦吴越，一夜飞度镜湖月”。欲回长安，上有青冥浩荡的长天需达到，下有波澜壮阔的水域要跨越。“天长路远魂飞苦，梦魂不到关山难。”“长相思，摧心肝！”这日日夜夜无休止的思念让人心碎肠断。

古人音书不便，相思便是常态。今人少相思，情感便少有绵长。有时在想，这长相思本身也是一种缠绵的美学体验，我之所欲在长安，闭上眼睛，它也在那里等着我，只是伸手去寻，却离我越发遥远。只有在这苦苦思念之时，才是它离我最近的时刻。每每此时，不禁感叹画面的局限，反倒是看不见的诗文能将意象无限放大。

山中问答

李白

问余何意栖碧山，
笑而不答心自闲。
桃花流水窅然去，
别有天地非人间。

有人问我为什么栖居在碧山上，我笑而不答，心中却自在悠闲。桃花落下，随着流水杳然而去。这里的一切是另外一番天地，岂是人间所能比拟。

李白曾在安陆居住十年，隐居在白兆山桃花岩，《山中问答》就作于这期间。

“问余何意栖碧山，笑而不答心自闲。”有人来询问我为什么要隐居在碧山之上，我嘴上并不回答，心里却很安闲。“桃花流水窅然去，别有天地非人间。”桃花落下随着流水逝去，这样的景象根本不是人间，而是另外的天地。古往今来的知识分子都渴望离群，在自然中生存。德国诗人荷尔德林有《人，诗意地栖居》，海德格尔进一步阐述，更提出了“诗意地栖居在大地上”的人类共同的目标。唐朝诸多诗人会选择归隐，几乎都是出于对自然独处、远离世俗的勾心斗角的向往。

山中问答，其实不必有人问，也不必回答，或者说有可能是诗人自问自答。李白既然出蜀，就有投身世俗有所作为的决心，此时又为何隐居在山中。这既有可能是李白的自省，又可能是人间俗客的询问。“我”选择了笑而不答。此刻的诗人颇有“迦叶微笑”之趣。世人既是不解，即便是回答了他们也不会明白，如果自己都不解，自然也没有答案。然而在山中的生活究竟怎样，只有李白自己能懂，心里悠然闲适。

“桃花流水窅然去，别有天地非人间。”前

两句既是问，此两句则为答了。桃花源就是脱俗之地的代名词，林尽水源处便是。桃源俗人寻而不得，但能做桃源居民的人，所居之处便是桃源。想必看到落桃花于流水之景的人自然就能得到答案，而李白自己心头之结也自然解开：既然已在仙境之处，何必又追寻人间的烦恼。

李白之诗多浓烈，语言瑰丽，情感强烈，即便归隐，其诗也多赞美大自然奇崛之景。《山中问答》却有毫无压迫感的恬淡天机。画者其实并不认为真有问问题之人，而依李白的脾气岂有容忍俗物之理。问者其实大约就是诗人本身。离乡入世，即为进朝堂作为，可情势所致，又回到山间隐居，自是违其本意。但既在桃花流水处，便做桃源出世人，享受这远离红尘的日子，岂不快哉。

寻雍尊师隐居

李白

群峭碧摩天，
逍遥不记年。
拨云寻古道，
倚石听流泉。
花暖青牛卧，
松高白鹤眠。
语来江色暮，
独自下寒烟。

连绵不断的苍翠山峰直上云天，逍遥世外都已经不记得过了多少年。拨开云雾找寻古老隐秘的山间古道，倚靠着石头倾听潺潺的流水声。温暖的花丛中卧着青牛，高大的松枝上有白鹤休息入眠。与雍尊师交谈，一直到暮色笼罩了江水，于是便独自在寒烟弥漫中下山。

本诗据考证是李白年轻时的作品，但其实仅凭读诗便能感受到这一点：语言清丽，节奏灵动，言语间并无厚重的思索，而是充满天真的好奇。画毕，远望去，只见寒烟翠松，一股隐隐的生命力在山间滚动。

“群峭碧摩天，逍遥不记年。”群峰山势广博，向上通天，这便是雍尊师的隐居之所，只从这壮观的翠山便能感觉其必是高人所在，雍尊师在其中修炼多年，逍遥世外，一入其山便丢失了时间，与外界的时间节奏错开。“拨云寻古道，倚石听流泉。”云山似乎一体，想要寻找古老的道路，必须拨开其中的重重迷雾，期间休息，倚坐在石头旁听着泉水的流动声，好像音乐一般。“花暖青牛卧，松高白鹤眠。”《列仙传》：老子乘青牛车去，入大秦。《玉策记》：千岁之鹤，随时而鸣，能登于木。山中居有道家仙人，能见到世间少有的道家的标志青牛、仙鹤，又或是山中环境松高花暖，适合这些脱俗的动物们居住。“语来江色暮，独自下寒烟。”李白与雍尊师相谈甚欢，不觉间暮色已降临，远望江上，夕阳撒上一片色彩，该离开了，在

寒烟浓雾中，诗人独自下山来。

太白此诗，有浓厚的烟气与寒气。雍尊师隐居处，毫无烟火气，有着仙人不近人情的超脱，而正因其对人世的拒绝，其脱俗的气质顿起。通读而来，骄傲的太白收起他的狂放不羁，带着对尊师的敬畏，从浓雾中上山，又从浓雾中下山，上山下山并无二致，但诗人心中想必已有大不同，引得画者羡慕不已。愿寻一山攀登，感受寒气中“拨云寻古道，倚石听流泉”的清冽。

月下独酌

李白

花间一壶酒，
独酌无相亲。
举杯邀明月，
对影成三人。
月既不解饮，
影徒随我身。
暂伴月将影，
行乐须及春。
我歌月徘徊，
我舞影零乱。
醒时同交欢，
醉后各分散。
永结无情游，
相期邈云汉。

花丛中摆上一壶美酒，我自斟自饮，没有亲爱的人在身边。举杯邀请明月来同饮，与我的影子相对，变成了三个人。明月本就不懂饮酒，影子徒然跟随在我的左右。暂且与明月和影子相伴，行乐要趁此难得的春宵。我高声放歌，月随着我前后徘徊，我手舞足蹈，影子也在蹁跹凌乱。清醒时我们共同欢乐，醉酒后我们各奔东西。愿能与月与影结下没有伤感的友谊，相约在茫茫天河中再见。

古来圣贤皆寂寞，唯有饮者留其名。月下独酌者，必是失意人，不管此时李白是不是被政治上的不得志而困扰，其无人为伴而独酌饮酒的状态便已孤独至深，然而李白就是李白，在这样的情境中却能寻求到救赎，反而找到超脱之路。“花间一壶酒，独酌无相亲。”花丛间摆上一壶酒，左右无人，只有自己形单影只在喝酒。“举杯邀明月，对影成三人。”举杯邀请明月一起来喝酒，又发现了自己的影子，本来一人的酒席幻化成了三人参与，也就热闹了起来。“月既不解饮，影徒随我身。暂伴月将影，行乐须及春。”月亮当然不能劝酒，而影子也没有意志，只是对人亦步亦趋，可也无法要求过多，只能在他们的陪伴下，在这春暖花开之时，及时行乐。“我歌月徘徊，我舞影零乱。醒时同交欢，醉后各分散。”酒至人酣，在月和影的陪伴下，太白也醉了，放浪歌舞，月与影竟然也随着他灵动，同歌共舞。醒时交欢作伴，醉酒后，

月亮也离开，影子也不见了。“永结无情游，相期邈云汉。”这样的共饮时光如此快乐，却无人间的伤怀凄情，真希望能和月亮幻影一起结游，在邈远的仙境再相见。

“月下独酌”的诗意一直在画者的脑海中回响，太白有恣情，邀月与影共饮，并能一举与其永结友谊，在云与月之间悠游，这洒脱之态实在好看，画者也愿效仿，结永恒之谊，赏无情之游。

终南山过斛斯山人宿置酒

李白

暮从碧山下，
山月随人归。
却顾所来径，
苍苍横翠微。
相携及田家，
童稚开荆扉。
绿竹入幽径，
青萝拂行衣。
欢言得所憩，
美酒聊共挥。
长歌吟松风，
曲尽河星稀。
我醉君复乐，
陶然共忘机。

傍晚从终南山上下来，还有山中月亮一直跟随着我。回望来时的小路，林木苍苍一片青翠。与斛斯山人一同去他的村舍，孩童急忙出来开门。通过竹林中的幽静小路，青萝枝叶拂过我们的衣裳。欢声笑谈放松休息，美酒佳人频频举杯共饮。放声高歌歌声随风而入松林，轻弹一曲，曲罢银河微闪星星稀。我喝醉主人尽兴，一同欢喜毫无世俗心。

田园诗由陶渊明开创，在后来一代代的诗人笔下得到回响。田家、饮酒、孩童是它的主题，天趣、尽兴、忘机是它的主题，不论谁写，总感觉是陶渊明的神在其中，画者也愿成为一个陶潜的代笔者，接过其田园诗传统。

“暮从碧山下，山月随人归。却顾所来径，苍苍横翠微。”见到斛斯山人之前诗人就已经先入境。傍晚带着山间的月一同下山，回望来时路，一片苍翠。仅此四句，便够玩味。终南山一天，想必已有所收获，携月行路，又多有趣味，此时猛地回头，之间一片碧色，此时心便已被欣然之感填满。

“相携及田家，童稚开荆扉。绿竹入幽径，青萝拂行衣。”此四句又是一番场景。与山人一起到他的宿处，童子前来打开柴门，院中小路被绿竹围绕，青萝不时拂动衣襟。如是画者，便情愿这条小路没有止境，一直走下去，在竹林中被青萝抚衣，为这种体验情愿抛却一切机心。

“欢言得所憩，美酒聊共挥。长歌吟松风，曲尽河星稀。”与知己共饮，欢言笑谈，美酒共挥已是极大的享受，直至放声长歌，随松风曲而和，不知不觉歌尽曲毕，夜色已晚，星河疏落也似入睡。

“我醉君复乐，陶然共忘机”。我们一同欢乐一同醉酒，陶陶然把人世的机巧之心全部丢掉。

一切田园皆为陶之神，但细品之下又有不同。李白与斛斯山人之约是步步为境，换作画者被抛入任何一境皆可，在恬淡中却有着非常强烈的意志，是一种执着心在左右，生命力极强，所以画满色浓。若画陶诗，恐其人其物均要减去，不渲不染，恬淡舒缓便可。

将进酒

李白

君不见黄河之水天上来，
奔流到海不复回。
君不见高堂明镜悲白发，
朝如青丝暮成雪。
人生得意须尽欢，
莫使金樽空对月。
天生我材必有用，
千金散尽还复来。
烹羊宰牛且为乐，
会须一饮三百杯。
岑夫子，丹丘生，
将进酒，杯莫停。
与君歌一曲，
请君为我倾耳听。
钟鼓馔玉不足贵，
但愿长醉不复醒。
古来圣贤皆寂寞，
唯有饮者留其名。
陈王昔时宴平乐，
斗酒十千恣欢谑。
主人何为言少钱，
径须沽取对君酌。
五花马、千金裘，
呼儿将出换美酒，
与尔同销万古愁。

您没见那黄河之水从天上奔腾而来，波涛翻滚直奔大海，再也没有回来。您没见那年迈的父母对着明镜感叹自己的白发，仿佛早晨的满头青丝日暮时便已是雪白一片。人生得意之时应当纵情欢乐，莫要让这金杯无酒空对明月。每个人只要生下来就必有用处，千金散尽还能够再来。烹羊宰牛姑且作乐，当一次痛饮三百杯！岑夫子和丹丘生啊！快喝，别停下杯子！让我为你们高歌一曲，请你们都来侧耳倾听。钟鸣馔食的豪华生活有何珍贵，只愿长醉不再清醒。自古以来圣贤都是寂寞的，只有那喝酒的人才美名流传。陈王曹植当年宴设乐平关，斗酒万钱豪饮，宾主尽情欢乐。主人，为何说我的钱少？你只管端出酒来，让我们喝。五花千里马，千金狐皮裘，快叫那侍儿拿去换美酒，我和你们同消这万古愁！

如果存在代表作这样的说法，那李白代表作前五名里一定有《将进酒》，李白的恣意洒脱，极端自信，爱友弃财，及时行乐，以酒为伴的生活都融入其中。其语言大开大合，大起大落，奔放不羁，神鬼为之振奋。仅一《将进酒》，读者便得一活生生的李白，画者也不仅跃跃欲试，愿得其诗中气象万分之一。

“君不见黄河之水天上来，奔流到海不复回。君不见高堂明镜悲白发，朝如青丝暮成雪。”两组排比给人以排山倒海的气势，从西到东，裹挟了地理上的想象，从年轻到年老，给人十

分钟年华老去之感。“人生得意须尽欢，莫使金樽空对月。天生我材必有用，千金散尽还复来。烹羊宰牛且为乐，会须一饮三百杯。”后人提起李白的潇洒大多从这句发出，及时行乐而不是因为贪图行乐本身，既是因为不想让金樽空对月，白白浪费的金樽，又是因为有材必有用，散尽千金还会再来。只有自信之人才会恣意挥洒，而自信源于大材。既然不惧于散尽千金，那就煮羊宰牛享受欢乐，一次喝三百杯也不够。“岑夫子，丹丘生，将进酒，杯莫停。与君歌一曲，请君为我倾耳听。”在场的朋友岑勋、元丹丘，请你们尽情喝酒，不要停杯。至此我们知道了，原来今天李白如此开怀是因为有两位好友在，诗人要为他们歌一曲，也是在抒发自己此时心中所想。“钟鼓馔玉不足贵，但愿长醉不复醒。古来圣贤皆寂寞，唯有饮者留其名。陈王昔时宴平乐，斗酒十千恣欢谑。”富贵人家的锦衣玉食并没有什么了不起，还不如能够大醉一场不需要理会这个世俗的世界。李白也是在朝堂上走了一遭的人，名利场的一切也都看过了。圣贤就是寂寞的，如果能被任何庸人俗物理解也就不被称为圣贤，而能在历史上留下自己的姓名，被后来者理解的就只有饮酒之人了。只有好酒的人能够贯通历史，彼此互不相见，甚至跨越时间相互理解。譬如“陈王”曹植，就曾经写下“归来宴平乐，美酒斗十千”之句。此时其实也是李白跨越历史与曹植惺惺相惜的写照。“主人何为言少钱，径须沽取对君酌。五花马、千金裘，呼儿将出换美酒，与尔同销万古愁。”主人担心我的钱不多，都拿出来请你们喝酒，就连五花马，千金裘都不吝惜，让小童们拿出来换酒喝，让我们一起在喝酒中把忧愁消解掉。

李白一生，和同时的其他诗人一样，也是在庙堂与林泉中徘徊。既有向往山水的心意，又有在朝堂上实现抱负的野心，只是意愿是否顺遂全靠命运安排。所幸李白好道，干脆把这一切抛诸脑后，有酒且喝，有肉且吃，与友一醉方休，忘却所有的忧愁。

渭川田家

王维

斜阳照墟落，
穷巷牛羊归。
野老念牧童，
倚杖候荆扉。
雉雊麦苗秀，
蚕眠桑叶稀。
田夫荷锄至，
相见语依依。
即此羡闲逸，
怅然吟式微。

村庄处处披上了夕阳的余晖，放出去的牛羊也回到了巷子深处。村中的老人惦念着放牧的孩子，拄着拐杖在自家的柴门旁等候。麦田里的野鸡鸣叫不停，麦苗开始抽芽，蚕儿开始吐丝做茧，桑叶渐渐变得稀少。农夫们扛着锄头三三两两回到了村里，田间小道上偶然相遇，亲切絮语，乐而忘归。这样的闲情逸致怎让人不羡慕，我不禁怅然，轻轻低吟起《式微》。

田园诗由陶渊明开启，陶的生活方式也为后来无数诗人所向往，但后来者基本对陶没有超越，原因就在于叙事角度的问题。陶是作为一个田园生活的亲历者来歌颂田园："种豆南山下，草盛豆苗稀。晨兴理荒秽，带月荷锄归。道狭草木长，夕露沾我衣。衣沾不足惜，但使愿无违。"而后来诸子是作为一个旁观者，如王维，是在观察田园中的农夫，而感到田园幸福："田夫荷锄至，相见语依依。"陶的姿态很低，而后来诸子的姿态很高。但无论旁观者还是亲历者，对田园生活的欣赏却无不体现了人们对自然淳朴的状态的向往。田园中的粗糙和生活化代表一种最原始的美感，虽然士大夫们的田园诗有"屈尊"之嫌，画者还是很乐意描画其间滋味，并暗自期待也能有幸变成这样的旁观者，甚至成为这样的亲历者，与大地直接接触。

"斜阳照墟落，穷巷牛羊归。"夕阳下的村落，徐徐回村的牛羊恐怕是田园中最具诗意的场景。而画者也愿意再深一步地穿凿一番，认

为“归”其实是在暗合陶潜的《归去来兮辞》之“归”。“野老念牧童，倚杖候荆扉。”村里的老人，带着他们的智慧，代表着农家的历史，而其对孩童的挂念，也是一种最淳朴的感情。“雉雊麦苗秀，蚕眠桑叶稀。”田园与野山水的区别在于花草鱼虫都是在人的安排下顺应的四时的变化，完成自己人生的诗名。野鸡诞生长大，麦苗由绿变黄，蚕蛹变茧的日子桑叶也会为其补充营养。人就像自然的保姆，参与到了大自然中一切事物的生活中，并和谐地融入其中。“田夫荷锄至，相见语依依。”背着锄头三三两两回村的农夫们相见也聊起天，这一幕更给整个画面增加了生活的气息，田园至此更加鲜活。“即此羡闲逸，怅然吟式微”诗人眼观这一幅田居幽微图，不禁轻轻唱起了《诗经》中的《式微》，这在无数文人心中代表了归隐的诗句：“式微，式微，胡不归？”和刚刚经历的官场相比，这一幅毫无功利之心的图卷简直是人间最美的景象。

王维的田园比陶的田园精细了很多，画者也且在描画之中多用粗笔，以期加入一些粗糙感，至于其他的各种滋味，交给观画之人自己去品尝吧。

过香积寺

王维

不知香积寺，
数里入云峰。
古木无人径，
深山何处钟。
泉声咽危石，
日色冷青松。
薄暮空潭曲，
安禅制毒龙。

不知香积寺在什么地方，找来找去已走了数里，不经意就到了白云缭绕的山峰。周围古木参天却没有供人行走的小路，隐隐传来古寺鸣钟，而寺影无踪。山中的泉水撞击着危石，响声幽咽，松林里的日光微冷，照耀着青翠的松树。薄暮时分来到空寂的潭边修禅，心境安然抑制心中的毒龙。

王维的田园诗总是有抑制不住的热闹，原因在于他士大夫居高临下的态度，总是喜欢描画农家人的生活，烟火气十足，所以即便是写田园诗的恬淡也充满了温暖的神采。而王维纯粹的禅意诗，便清冷气息十足，超脱之感难以言喻，常常用单字传达诗人心中的禅意。《唐诗广选》里写道："顾与新曰：幽深本色语，不杂一句，洁净玄微，无声无色。"然也。"不知香积寺，数里入云峰。"落笔在于"不知"二字。禅家佛意，欲寻而欲远，这应该就是佛家的本来面目。"古木无人径，深山何处钟。"本句落笔于"钟"字，把钟声响起这一系列的话只用一字来示，音断而意悠长，显得格外清冷。深山高林处，并没有行人可以走的道路。寻山而来的诗人仿佛闯入一个禁地。既是禁地，则没有往日的松散，也变得更为敏锐。"泉声咽危石，日色冷青松。"又是"咽"和"冷"二字提升了整首诗的节奏，仅仅两个动词便能传递出来很明确的画面感。涓涓细流被嶙峋的山石阻隔，发出幽咽的响声；日色昏黄，照耀

在青松之上，发出清冷的光。“薄暮空潭曲，安禅制毒龙。”佛本身曾作大力毒龙，众生受害。但受戒以后，忍受猎人剥皮，小虫食身，以至身干命终，后卒成佛。后来毒龙就指俗人的妄心。在香积寺的清幽之下，诗人也自觉地修禅，不知修禅用以制住妄心，还是制住妄心以便更好地修禅。

《唐诗从绳》中评：此尾联寓意格也。起用“不知”二字，便是往时未到，今日方过，幽赏胜情，得未曾有，俱寓此二字内。中二联写景，分途中，本寺。五六是“危石”边“泉声咽”，“青松”上“日色冷”，成倒装句。通篇从“过”字着画，或可得《过香积寺》之真意。画者也不禁踌躇，究竟是否给香积寺以真身，思来想去，还是难舍俗念，将香积寺画之，而把禅意留给观者自己去品。

山中送别

王维

山中相送罢，
日暮掩柴扉。
春草明年绿，
王孙归不归。

蓝田山中送别了好友，回来在夕阳西下之时独自回家把柴门半掩。待到明年春草又绿的时候，不知朋友还能不能回还。

王维虽然被称为“诗佛”，其诗并不常见佛家诗中的超越与干枯，却往往有着对人与事的体悟。没有对人群的逃避，却有着对人的亲近，送别诗更是写了很多。《山中送别》就是其中一首较为别具一格的小诗。

“山中相送罢，日暮掩柴扉。”除去如王勃“海内存知己，天涯若比邻。无为在歧路，儿女共沾巾”的豁达，“莫愁前路无知己，天下谁人不识君”的高旷，离亭饯别大部分也还是如王维自己写的如“劝君更尽一杯酒，西出阳关无故人”这样依依离别的伤感景象。山中送别则另辟蹊径，上手就写送别已结束，让被送别之伤感悬着的读者松下气来，随后猝不及防，把真正的伤感时分抛给了读者。日暮时分，白天的喧嚣退却，独自把院中的柴门关闭，一种寂寞和怅然袭上心头。从“蓬门今始为君开”到“日暮独自掩柴扉”，仅仅一个开门关门的动作就把诗人心中的情感暴露殆尽。“春草明年绿，王孙归不归。”对离别的耿耿于怀其实一直存在，只是被傍晚的落寞带了出来，诗人真正想知道的是这段离别就是什么时候能够结束，待到明年春天再一次来到，绿色再次赴约山中，不知你会不会在。本句是从两汉淮南小山的《楚辞·招隐士》中“王孙游兮不归，春草生兮萋萋”

一句化来的。本意是满山遍野的春草萋萋把王孙留在了深山里不回来。而在这里王维则希望用明年的春草把朋友召唤回来。

《山中送别》仅仅用四句五言诗把送别的怅然描述得淋漓尽致，诗意可谓隽永幽然。于画者也是一个启发。既是送别，却不着一墨于送别场景，只描述送别之后诗人踽踽之态。情感上也不是纠缠于离愁别绪，而是对再次相逢的向往，反而更见这次离别的酸楚，所谓步步离弦而步步在弦上，使得天下经历离别之人，自有动心处。

田园乐（其六）

王维

桃红复含宿雨，
柳绿更带朝烟。
花落家童未扫，
莺啼山客犹眠。

桃花红晕，花瓣上还含着昨夜的雨滴，柳树翠绿，飘拂间还萦绕着早晨的烟雾。被雨打落得花瓣洒满庭园，家童还未起床打扫，黄莺啼鸣，山中客人还在酣眠。

王维退居辋川别墅与大自然朝夕相对的日日夜夜都在《田园乐》中描绘了出来。《田园乐》是由七首六言绝句构成的组诗，又题作“辋川六言”，这七首各自成章，连起来又成为一个整体，其中以“其六”桃红柳绿最为热闹。

厌倦了高堂深院里的官宦人家，也有过北里南邻的社会交往，追名逐利者在官场上沉沦，而在山中隐居的是什么人呢？的确有人轻易就能封侯万户，谈话间就能得到赏赐的玉璧一双，但这样怎能比得上归隐躬耕南田，高卧东窗。在渡口采菱感受疾风猛吹，在树林里拄着拐杖看夕阳西下。教化育人的讲堂边也有渔夫下船而来倾听，桃花源里的人家在这里也经常见到。春草一片葳蕤，秋日依然翠绿，松树高大挺拔。给夏天带来凉爽。傍晚牛羊自在回归村巷，村里的儿童不识官家盛装。山下村庄远离尘嚣，只见一丝孤烟，高树卓绝，仿佛独在天边。生活就像颜回般简单穷困，却能够与陶渊明那样的高士为邻。

在这样的情形下，诗人细细描绘了每一处的生活。绿肥红瘦中，宿雨朝烟润。夜来风雨声，花落未及扫，莺儿啼叫，山客没有了尘世的追逐，可以恣意晏起。这样的生活，读来令人神往。

如果继续看下去，还有高士醉酒的潇洒。在山泉边喝酒，醉后抱着琴倚在大松树旁边。早上可以去南园折下带着露水的葵花，傍晚到东谷舂捣黄粱。

唐朝六言诗不多，而黄庭坚更认为只有参透王维的六言诗，“乃真知摩诘者”。“辋川六言”作于王之晚年，本是其“无可无不可”的时期，又是王维参佛最深厚的时候，但行文处处细节丰富，并不呈现一种“大而化之”的感悟，而是在表面上的生活气息中体现其超拔。正如刘辰翁在《王孟诗评》中所言：无一语可俗。顾云：首首如画。于画者而言甚为方便，但将其桃红、宿雨、柳绿、朝烟、花落、莺啼一一描绘，至于其诗意留给赏花者，俗者见其烟火，佛者见其超越，各得其所。

送梓州李使君

王维

万壑树参天，
千山响杜鹃。
山中一夜雨，
树杪百重泉。
汉女输橦布，
巴人讼芋田。
文翁翻教授，
不敢依先贤。

千山万壑，高树参天，杜鹃啼鸣，响彻谷间。山中一夜春雨后，树梢百泉流淌。汉水妇女辛劳织布纳税，巴蜀农人常常诉讼争田。希望你能像景帝时的文翁一样，勤政爱民，建设政绩，奋发有为才能不辜负先贤。

李使君初往梓州（今四川三台）赴任，王维写此诗相赠。虽是赠别诗，却无一丝缱绻哀伤，充满了对前景的向往和期盼。在对李使君的劝勉之中又不乏对美景的描绘，可谓送别诗中气格较高的佳作。“万壑树参天，千山响杜鹃。山中一夜雨，树杪百重泉。”可谓未成曲调先有情。临别之际，使君难免对未来有所忐忑。于是诗人先描绘巴蜀地区的优美景色。正如李白诗对四川的描绘——“轻舟已过万重山”，巴蜀地区千山万壑，层峦叠嶂，处处可见参天大树，林间杜鹃的啼鸣声不绝于耳，沉浸其中，眼耳俱盈，自然的气息应接不暇。山中下了一夜的雨，水汽充盈，山顶树梢都攒下许多水，流淌不尽，像无休无止的泉水。若不为劝勉，只此四句便足。于画者作其诗意已足够。清人王士禛曾在《带经堂诗话》称赞这四句诗：“兴来神来，天然入妙，不可凑泊。”恣意泼墨，山水画面具足，远处蜀山绵延，近处树影婆娑，杜鹃的叫声与水流声交相呼应。山景的描画往往以静吸引人，而此处却写出了热闹无比的自然之境，这种热闹正体现了一种不可抗拒的生机。

“汉女输橦布，巴人讼芋田。文翁翻教授，

不敢依先贤。”即便是沉醉于隐士生活和佛教禅理，王维依然难以摆脱中国古代知识分子“为天地立心，为百姓立命”的情怀。在尽情描绘巴蜀之美之余，不免对使君提出了自己的期盼。梓州是少数民族聚居区，那里的妇女定时向官府上交用橦木花织成的布匹，而农人们又常常会为芋田的归属发生诉讼，希望使君能像代蜀郡太守文翁那样，重施教化，翻新吏治，造福一方水土。

画毕窃谓：王维狡猾。若只一味劝勉难免俗套且让人烦闷，索性使出力气描画蜀地之美，既得读者心，享受其美景也总得听进几句劝慰作偿，又如使君意，为政一方总要勤政爱民，对得起护佑此地的先贤和长居此地的生民，可谓悦其目而劝其心，两两相宜。

积雨辋川庄作

王维

积雨空林烟火迟，
蒸藜炊黍饷东菑。
漠漠水田飞白鹭，
阴阴夏木啭黄鹂。
山中习静观朝槿，
松下清斋折露葵。
野老与人争席罢，
海鸥何事更相疑。

积雨日久，林中无风，炊烟缓缓升起，烧好粗茶淡饭，中午时分送到村东头，给正在干农活的人吃。广阔平坦的水田上一行白鹭掠空而飞，夏天树荫繁茂的乔木中传来黄鹂的婉转啼叫。惯于山中的安静，修身养性，观赏朝槿晨开晚谢，在松树下享受清斋，绿葵是佐餐。我已经不再在官场中追名逐利了，鸥鸟也不要再怀疑我了。

辋川位于陕西蓝田终南山中，青山逶迤，峰峦叠嶂，奇花野藤遍布幽谷，瀑布溪流随处可见。因辋河水流潺湲，波纹旋转如辋，故名辋川。辋川之美，令人心驰神往，古人梁宝赏赋云:“终南之秀钟蓝田，茁其英者为辋川。”“辋川烟雨”为蓝田八景之冠，李商隐也有“蓝田日暖玉生烟”之句，想来描述的正是辋川的“积雨”之景。王维本就是有佛缘之人，一直信奉佛教，仕途生活的后期因政局黑暗，自己又无力改变，于是正如诗中描述“野老与人争席罢”，退出斗争圈子，洁身自好，买下了宋之问辋川山庄，过上了半隐居的生活。然而正是这段时间王维陶醉于山壑林泉之中，写下大量的描写辋川美景的诗歌，成就其艺术的高峰。

“积雨空林烟火迟，蒸藜炊黍饷东菑。”连雨时节，空气潮润，丛林上空积聚了难以向上升起的炊烟，原来是农家在烧火做饭。蒸藜炊黍粗茶淡饭，做好便给在村子东边的田间劳作之人送去，用烟火气为诗歌发端。“漠漠水田飞

白鹭，阴阴夏木啭黄鹂。”水田广阔无际，“一行白鹭上青天”，林子郁郁葱葱，“隔叶黄鹂空好音”，有雪白，有金黄，有静有动，还有声音。“山中习静观朝槿，松下清斋折露葵。”在山中修身养性，观赏朝槿一日内的开谢，在松树下吃着斋食，不沾一丝荤腥。

《旧唐书 · 王维传》记载：“维兄弟俱奉佛，居常蔬食，不茹荤血，晚年长斋，不衣文彩。”王维下的辋川绝不是以“空”遮蔽一切，而是在生活气息的吐纳下体现佛家的“寂然”，这是一种毫无机心的坦荡，也是毫不修饰的纯然。只可惜辋川别业已不在，我等只能在画中投射对于辋川的一切想象。

渭城曲

王维

渭城朝雨浥轻尘，
客舍青青柳色新。
劝君更尽一杯酒，
西出阳关无故人。

渭城清晨的小雨澄湿了空气中的灰尘，客人的房外柳树发出新绿，郁郁青青。老朋友啊再饮一杯饯别的酒吧，出了阳关向西再也见不到熟识的人了。

王维的送别诗很多，这与他仕途平顺、性格随和、交友广阔有关，《渭城曲》中更能见其情感之细腻。本诗作于安史之乱前，诗人送友人元二远赴安西都护府，从长安一带送到渭城客舍，到了最后不得不分手，才依依惜别，共进最后一杯酒。

"渭城朝雨浥轻尘，客舍青青柳色新。"临行之际，必有柳叶拂面，也是唐送别诗的传统，一来"柳"与"留"谐音，是离别的象征，二来柳枝轻柔，极尽缱绻，也符合不舍情意。"劝君更尽一杯酒，西出阳关无故人。"临别之际一定有很多话要说，但奉命出任无可挽留，唯有向前一条路可走。千头万绪，有很多话需要说，但又不知从何说起。无非只能请朋友再饮一杯，趁现在柳正青，雨正绵，友人正在身边，再往西走，可真的见不到老朋友了。

《渭城曲》又名《送元二使安西》，又名《阳关三叠》。元二奉命出使安西都护府，王维相送，故曰《送元二使安西》，送别之处为渭城，今陕西省西安市西北，秦代的咸阳古城，作诗谱曲，故曰《渭城曲》。三叠歌之，后世用其咏别，千言万语，殆不能出其意之外，意至情达，故曰《阳关三叠》。如此，见离别者，见曲者，见去

处者，皆有可谓。直至画者想到从京城到关外，从渭城的杨柳青青，细雨润物，友朋处处，酒酣情畅，到安西都护的大漠孤烟，落日红艳，故人不再，独酒难饮，此时的离别人自然有一番依依不舍、前路茫茫之感。也难怪古人一路送行一路话别，赋诗相赠，往往送到不能继续再往前走为止。此去经年，有时一别就是一生，唯有饮尽余杯，一路前行，情味自珍，各自为重。

汉江临眺

王维

楚塞三湘接，
荆门九派通。
江流天地外，
山色有无中。
郡邑浮前浦，
波澜动远空。
襄阳好风日，
留醉与山翁。

汉水流经楚塞，又接连折入三湘，荆门汇合九处支流，与长江相通。江水奔流不止，好像要流到天地之外，山色朦胧，若有若无。江边郡邑，好像浮在水面之上，水天交界处，波涛激荡滚动。襄阳的风景，让人沉醉留恋，我愿意留在此地，与山翁一同醉酒欢歌。

王维自塞外回京后擢升，公元740年赴岭南主持当地官员选拔，途经襄阳，泛舟汉江，因作此诗。政治稳定，小得提用，自是诗人心情大好之时，诗中也可见其心中气象开阔，把风景也描绘得壮丽浩渺。“楚塞三湘接，荆门九派通。”楚境要塞接连三湘之水，荆门山处融汇长江九支，山势高耸，水势洪大，气势雄壮。“江流天地外，山色有无中。”此语王世贞评为诗家俊语，入画三昧。是也。汉江滔滔，似流至天地之外，纸面上下便为天地，水尽处，笔墨也并无着，山色隐隐，似有非无。绝佳。若只是顽石堵眼，也无生趣，时有时无，别多琢磨意趣。“郡邑浮前浦，波澜动远空。”气势开篇后，笔墨浓淡中，而此颈联起便开始多了动感。水势磅礴，汹涌澎湃，城郭在此浮动，天空为之摇荡。作诗之人在景中游，画者也妄想把赏画之人放入其中。“襄阳好风日，留醉与山翁。”晋人山简镇守襄阳，莫不是也爱上这襄阳风日。眼见其景其山水之态，诗人也宁愿留守，与山翁一样，在这山水的波礫下不醉不归。

《唐诗意》评其曰：“胸中有一段浩然广大

之致，适于泛江写出，可风亦可雅。”诗人谋篇布局，远近疏密，亦静亦动，景象广博，甚于实际山水，可谓其胸怀中再造之境。画者欲媲之，唯愿有缘者见此山水，作之以文，能得摩诘万分之一，便可以已。

酬张少府

王维

晚年唯好静，
万事不关心。
自顾无长策，
空知返旧林。
松风吹解带，
山月照弹琴。
君问穷通理，
渔歌入浦深。

人到晚年喜欢安静，世间事都不太关心。自问没有安邦治世韬略，只好归隐回到这故时的山林。清凉的松风吹拂我这宽松的衣带，皎洁的山月照着我弄弦弹琴。您要是想问我穷困显达的道理，我只能唱着渔歌向水浦深处走去。

张少府乃唐朝贤相张九龄，酬代表对张少府诗的回应。细看，处处都仿佛是在对问题的回答。“晚年唯好静，万事不关心。”到了晚年，对所有事情都不关心。看似因年老才对万事都不在意。“自顾无长策，空知返旧林。”自知无能，对朝廷无用，干脆归隐。表面自谦，实是对政治环境的不满。李林甫当政，良臣被排挤，诗人不愿同流合污，又得罪不起，只好推说治国无策，归回山林。“松风吹解带，山月照弹琴。”王维乃画者，画界有解衣盘礴之语，解衣本也体现画者全神贯注画画时无拘无束之态，解带敞怀，任由松林清风吹动衣带，在山间明月的照耀下抚琴抒怀。仅这两句便构成古往今来知识分子向往的图卷。画者看来，不谈政治黑暗，就是政治清明之世，有如此生活，也难抗拒。“君问穷通理，渔歌入浦深。”尾联诗人对做了最后的回答：世间无甚穷通之理，所谓的官场规则我们可以一概而否，索性一起归隐去。此处化用渔父的形象，仅以渔歌二字便映射无穷深意。《楚辞·渔父》结曰：“渔父莞尔而笑，鼓枻而去。乃歌曰：‘沧浪之水清兮，可以濯吾缨；沧浪之水浊兮，可以濯吾足。’遂去，

不复与言。”用在此处更是为诗人做一提升。屈原对渔父道曰：“吾闻之，新沐者必弹冠，新浴者必振衣；安能以身之察察，受物之汶汶者乎？宁赴湘流，葬于江鱼之腹中。安能以皓皓之白，而蒙世俗之尘埃乎？”是对渔父解释自己不愿屈从世人的污浊而选择的自我流放，渔父并不辩论，而是唱着歌离去。这也是王维给张少府的回答。既问穷通之理，自是各有主张，张少府也并不是李派，想必劝勉之词无非为皇家天下之类。可诗人借渔父之口回答：一切无可无不可，通则显，穷则隐，随波逐流，顺势而为，不必耿耿于怀，非要有个答案。

“羁鸟恋旧林，池鱼思故渊。”画者外出写生也时时冒出到这山川中隐居的想法，为这“松风吹解带，山月照弹琴”的生活，也愿意唱着渔歌，归回自然。

终南别业

王维

中岁颇好道，
晚家南山陲。
兴来每独往，
胜事空自知。
行到水穷处，
坐看云起时。
偶然值林叟，
谈笑无还期。

早年就已经对佛理有所关切，到了晚年彻底搬到终南山边安家。兴致来时我独自漫游，快意佳趣只有我自己明白。沿着水流漫步一直走到水的源头，坐下来欣赏白云渐渐上升。偶然在林间遇到一位长者，与他谈笑聊天竟然忘记了回去的时间。

终南别业即王维买下的宋之问旧宅，辋川别墅，在这里王维度过了他幸福的晚年生活，与自然交会，心情自在，但若认为《终南别业》此诗仅仅描绘了一种闲适怡乐，则算是错过了诗中深深的禅机。画者见，诗中句句生机，句句化机，参透了佛家中对“缘”的阐述。“中岁颇好道，晚家南山陲。”诗人参佛是由“中岁”到“晚家”，由兴致到化归，这就是一种机缘。若是一味将自己的归隐归结到政治局势让人失望，却也太过肤浅。事实上参佛之心早已具备，只需要现实因素轻轻推动。“兴来每独往，胜事空自知。”佛海泛舟之路只有独行者，兴致高昂便独自来往，礼佛的超然状态也只有自己知晓，这一切都只是缘来则行，无所计划，随机而动。“行到水穷处，坐看云起时。”山间信步，不知不觉便已到溪水尽头，水穷无路似乎该回头，但抬头却见云卷云舒，来往自若，索性坐下欣赏云之起落，别有意趣。在穷尽之处找到起点，正所谓“善用者生机”。“偶然值林叟，谈笑无还期。”偶然间遇到林中老者，谈笑间把回家这件事抛在了脑后。即便与老者的相见，也都是

偶然遇到，这“偶然”间也貌似来自一种必然，由中岁对佛理之“好”，到晚年终归隐，兴致来时独自信步林间，被水流带到源头又坐下欣赏云朵，在这个时间点和空间处看到了林中老翁，这不正是一系列偶然造就的相见吗？相谈甚欢，早已忘机，忘却那个无常污浊的世俗世界，甚至连回去的日期都没有了。

诗家千言，恐怕还是“坐看云起”这句最得禅心。坐已是超然物外，做一个观者，不参与，不干涉，仅仅看云之流变，这可能便是能驾驭机缘的最高明之法。至此，时时猜测林翁实则为佛之大法，随缘善喜，偶遇佛理，愿从此皈依，不复归俗，也就不踏武陵人之旧途。

辋川闲居赠裴秀才迪

王维

寒山转苍翠，
秋水日潺湲。
倚杖柴门外，
临风听暮蝉。
渡头馀落日，
墟里上孤烟。
复值接舆醉，
狂歌五柳前。

黄昏时寒冷的山野变得苍翠，秋日的溪水日夜舒缓地流向远方。拄着拐杖伫立在茅舍的门外，迎风细听秋后的蝉鸣。渡口萧萧，只剩斜照的落日，村子里的炊烟缕缕飘散，又碰到和陆通一样狂放的裴迪喝醉了酒，在恰如陶潜的我面前放歌。

裴迪是王维的好友，两人同隐终南山。细读王维的归隐诗总是充满生机，并无枯寂之感，这可能与他有好友为伴有关，二人常常在辋川“浮舟往来，弹琴赋诗，啸咏终日”（《旧唐书·王维传》），此诗就是王维写给裴迪的酬赠诗。

铺就画纸，诗人想写给裴秀才什么景象呢，里面有色彩，有音乐，有风景，有人，有人间风物，有出世情怀。“寒山转苍翠，秋水日潺湲。”秋日山泠泠，翠绿的色彩中多了一丝苍劲，山中的水量变少，流淌得一天比一天缓慢起来。“倚杖柴门外，临风听暮蝉。”日渐年高的诗人也到了拄杖的年纪了，打开柴扉，迎着秋风，听晚树鸣蝉，让人不禁想起“策扶老以流憩，时矫首而遐观”（《归去来辞》）的陶渊明，这也是诗人与“五柳先生”的相似之处吧。“渡头馀落日，墟里上孤烟。”向远望去，渡口那边落日将到了水面之下，村里缓缓冒出了一缕青烟，大概是农家在做晚饭。这一句也是从陶渊明的“暧暧远人村，依依墟里烟”点化而来。“复值接舆醉，狂歌五柳前。”裴迪虽为读书人，却有魏晋真气，被诗人比为“接舆”，即那位“凤

歌笑孔丘”的春秋时期楚国狂士，醉后狂歌，来到自比于“五柳先生”陶渊明的诗人面前，可谓元气尽致。

画事毕，诗意未尽，对摩诘之歆羡更是无穷尽也。山居而不孤寂，隐而述作，礼佛而有人情，四季化育，山水供养，庙堂江湖各奉其位，在诗画乐的交响中恣意生活，我辈芥子之躯得其十分之一足以。

无题·一

李商隐

昨夜星辰昨夜风，
画楼西畔桂堂东。
身无彩凤双飞翼，
心有灵犀一点通。
隔座送钩春酒暖，
分曹射覆蜡灯红。
嗟余听鼓应官去，
走马兰台类转蓬。

昨夜满天星辰，夜班凉风习习，酒宴设在画楼之西、桂堂之东。我们没有彩凤能飞的翅膀，但是心却像灵犀一样，息息相通。相隔而坐，一起玩猜钩游戏，对饮春酒互相温暖。分组来行酒令，烛光泛着红光。只可恨那五更鼓响起就应该上朝，骑马赶到兰台，行色匆匆，就像随风飘转的蓬蒿。

唐诗里面纯粹写爱情的诗并不多，而能写得如此生动的大约只有李商隐了。“昨夜星辰昨夜风，画楼西畔桂堂东。”诗人与那位女性相见于昨夜的宴会上，雕梁画栋，金碧辉煌，还有星辰与微风萦绕身旁。“身无彩凤双飞翼，心有灵犀一点通。”虽然我们不能像有翅膀的彩凤那样双宿双栖，但是我相信我们对待彼此的心意就像灵异的犀牛角一样，息息相通。“隔座送钩春酒暖，分曹射覆蜡灯红。”在他们认识的那个宴会上，人们玩着隔座送钩、分组射覆的游戏，觥筹交错，灯红酒暖，其乐融融。这样的欢声笑语更多的还是因为她的存在才格外难忘。“嗟余听鼓应官去，走马兰台类转蓬。”正如天下无不散之宴席，这样喧闹的夜晚也不得不结束，尤其是有公务在身之人。更鼓报晓之时就要去当差，兜兜转转，就像那漂泊无依的蓬草。

此诗读来，时时想起辛弃疾的《青玉案》：“东风夜放花千树。更吹落、星如雨。宝马雕车香满路。凤箫声动，玉壶光转，一夜鱼龙舞。蛾儿雪柳黄金缕。笑语盈盈暗香去。众里寻他

千百度。蓦然回首，那人却在，灯火阑珊处。”背景辉煌闪耀，热闹非凡，在这一众人等中，只有和那个心意相通之人的对望，才能获得惺惺相惜之感。此时周围的熙熙攘攘反而衬托出心有灵犀的两个人独一无二的联系。

另外本无题诗还触碰了禁忌之爱的话题。在乱世中，即便是已经在政府当差的官员，也只不过是漂泊的尘埃，无法对自己的命运做主，更无法掌控自己的爱情；所以即便有心意相通之人也不过是一面之缘，难以为继。“走马兰台类转蓬”一句带出无限感慨，可谓言有尽而意无限。至此画者搁笔嗟叹：人之肉身就是不停在与这个世界的规矩交错，无情也苦恼，有情也烦扰，只是一味在离愁别绪中挣扎。所谓求不得之苦，古往今来，概莫能外。

无题·二

李商隐

相见时难别亦难，
东风无力百花残。
春蚕到死丝方尽，
蜡炬成灰泪始干。
晓镜但愁云鬓改，
夜吟应觉月光寒。
蓬山此去无多路，
青鸟殷勤为探看。

相见时不容易，分离时更加艰难，暮春时分，东风吹进，百花凋零，更添伤感。春蚕吐丝直到死时才结束，蜡烛燃烧成灰泪水才流干。早晨梳妆照镜，发现鬓发改变颜色，容颜不再，令人发愁，夜晚吟诗作对，发现冷月清寒，孤独无依，让人难过。蓬莱山离这儿不算太远，却无路可通，只能麻烦王母的使者，殷勤的青鸟帮我去探望对方了。

清人程梦星在《重订李义山诗集笺注》中评论此诗："似邂逅有力者，望其援引入朝，故不便明言，而属之无题也。起句言缱绻多情，次句言流光易去，三四言心情难已于仕进，五六言颜状亦觉其可怜，七八望其为王母青禽，庶得入蓬山之路也。"所言正是，本诗并无统一诗意，句句各自为政，有白描，有引典，也有感受，有神话，参差不齐，却别有格调。

缱绻多情之句"相见时难别亦难，东风无力百花残。"正合前人"别日何易会日难"（曹丕《燕歌行》）一句。这样分别的日子正值暮春，春风已经式微，而百花凋零，至此更觉伤感。"流光易去"之句"春蚕到死丝方尽，蜡炬成灰泪始干"合南朝乐府西曲歌《作蚕丝》"春蚕不应老，昼夜常怀丝。何惜微躯尽，缠绵自有时"，以及"思君如明烛，中宵空自煎"（王融《自君之出矣》），"思君如夜烛，煎泪几千行"（陈叔达《自君之出矣》）等。把春蚕吐丝和蜡烛燃烧的时限比喻自己对这份思念守望的决心，让意

象更为深厚。“难已于仕进”之句“晓镜但愁云鬓改，夜吟应觉月光寒”合六朝诗人吴均所说“绿鬓愁中改，红颜啼里灭”（《和萧洗马子显古意六首》）之句。在这样一日一日的消耗之中，女子渐渐发现自己的红颜已逝，男子也会独守月光的清寒。不关人世间发生什么，时光依然无情地向前走。这其实也和前几句一样，都在描述时间这个客观现象。“王母青禽”句“蓬山此去无多路，青鸟殷勤为探看。”提出一种无奈的假设：对方居住在蓬莱仙山，从海上看去，离此处并不遥远，但是你越是追求接近，就越是离它更远。此时作者也接受这一现状，同时也提出来，既然自己无法前往，那就麻烦西王母的使者青鸟去看望一下吧。

李商隐有很多《无题》，这首无题构思新奇，每句语言风格其实并不统一，却构建了一个意念中的世界，历史和神话掺杂其中，意向无比庞大，感情深厚浓郁，单张画卷实难传达。在这首诗中，画者输给了诗人。

登乐游原

李商隐

向晚意不适，
驱车登古原。
夕阳无限好，
只是近黄昏。

傍晚时分我心情不好，驾车登上了乐游古原。这里夕阳晚景无限的美好，可惜黄昏时分才能看到。

乐游原自汉代起便是游览胜地，因其风景绚丽，使人“乐不思归”，被汉宣帝命名为乐游苑，是唐长安城最高点，地势高平轩敞，登临四望，京城之内，俯视如掌，景色宜人，长安诸子竞相登临赋诗，在唐诗中出镜率颇高，面貌也丰富多样。张祜的乐游原在其望长安，杜牧的乐游原在其高古，李白的乐游原在其伤感。杜甫所见乐游原是绿色盈目：“乐游古园翠森森，烟绵碧草萋萋长”；唐彦谦写了乐游庙的前世今生：“杏艳桃娇夺晚霞，乐游无庙有年华”；李频描述了春天的乐游原：“无那杨花起愁思，漫天飘落雪纷纷”，“万树鸣蝉隔断虹，乐游原上有西风”。李商隐此诗则偏重乐游原的黄昏。

李商隐处晚唐，此时的乐游原在他心中也已是“古原”，承载了太多唐朝的历史。他唯一的从政经历在牛李党争中无法自拔，官场上很失意。所以大家对此诗的理解多是从政治角度解读。清人程梦星在《李义山诗集笺注》写道：“此诗当作于会昌四五年（844、845）间，时义山去河阳退居太原，往来京师，过乐游原而作是诗，盖为武宗忧也。武宗英敏特达，略似汉宣，其任德裕为相，克泽潞，取太原，在唐季世可谓有为，故曰‘夕阳无限好’也。而内宠王才人，外筑望仙台，封道士刘玄静为学士，用其术以

致身病不复自惜。识者知其不永，故义山忧之，以为‘近黄昏’也。”

画者读罢，却只愿着意于其“不适”与“黄昏”诸字眼。政事不常，人性常在。艺术之美在其永恒性，一天喧嚣尽散，阳光只剩最后一丝光辉，不由让人产生伤感之怀：美好的事物并不能永恒，登乐游原排解，夕阳是这样的美丽，却只有在夜幕降临前的最后一丝时光中得窥，且转瞬即逝，让人深感可惜。玉溪诗人“本有天意怜幽草，人间重晚晴”之诗，可见他对夕阳之美的观照，在失意之中望见其景，既是对自己的抚慰，又不由引发新的一层感怀，隽永缱绻，伤感浓厚，引得画者也想把色彩调得浓郁化不开，久久描画，不愿停笔。

北青萝

李商隐

残阳西入崦，
茅屋访孤僧。
落叶人何在，
寒云路几层。
独敲初夜磬，
闲倚一枝藤。
世界微尘里，
吾宁爱与憎。

夕阳将要落入崦嵫山，我去探访一位独自居住的茅屋中的僧人。落叶缤纷四散，不知人在何处？沿着寒云缭绕的山路盘曲而上，走了一重又一重。初夜时分只听他独自敲磬，闲适地倚着一支青藤。大千世界俱是微生，也无从谈起爱和恨了。

寻僧诗有很多，其中大多有清冽枯瘦之感，多呈现一种“无”的境界，而李商隐笔下刻画了一个“有”中至幽之感，韵味浓郁。“残阳西入崦，茅屋访孤僧。”太阳正在落山，万籁俱寂，在这样一个安静的基调下，诗人到崦嵫山内寻访一位住在茅草屋中的孤僧。“茅屋”表现出一种质朴与回归，“孤僧”则有一点孤寂之感。“落叶人何在，寒云路几层。”时至深秋，遍山的林木飘下树叶，在纷纷的落叶中却不见孤僧的身影。寒云缭绕的山路，盘旋环绕，走了不知几层，寻访方外之人的道路从来充满了艰辛。“独敲初夜磬，闲倚一枝藤。”黄昏已尽，夜幕降临，寻到茅屋见到孤僧之时，他正在独自敲磬礼佛。此时诗人也进入了充满禅意的境界。仰望天上，星辰点点，环顾四周，林木落叶，耳旁是袅袅不绝的磬声。待到诵经完毕，孤僧站起，不过靠着一枝藤条做的手杖而已。“世界微尘里，吾宁爱与憎。”《法华经》中：“譬如有经卷，书写三千大千世界事，全在微尘中。”而依照《楞严经》法义：“人在世间，直微尘耳，何必拘于憎爱而苦此心也。”人世间一切不过是微尘而已，

我们又何必执着于其中的爱与恨，反而连累了我们脆弱的心灵。

清人姚培谦在《李义山诗集笺注》评道：结茅西崦，在落叶寒云之外，可谓孤绝矣。清磬深宵，老藤方丈，静中是何等境界。而一微尘中，吾犹以爱憎自扰耶。李商隐在寻僧的过程中，寻到了佛与法。用佛教思想来理解这个世界，并不是一味枯寂，那样佛法无非也只是为人提供了一个逃避俗世生活的借口。《北青萝》反而是升华了看待人世的思想，不是消极的逃避，而是积极拥抱大千世界，并且不被之所累，透出一种至“幽”之感，可谓妙笔。只是把寒云长路留给画者去描摹，自己寻找去尔。

夜雨寄北

李商隐

君问归期未有期，
巴山夜雨涨秋池。
何当共剪西窗烛，
却话巴山夜雨时。

你问我回家的日期，归期难定，此刻巴山的夜雨淅沥，门口秋池涨满。我们什么时候才能相见，一起共剪西窗烛花啊，那时我一定要跟你说一说，今晚巴山的雨有多么缠绵。

李商隐的诗意，总有些奇崛之处。《夜雨寄北》读来，首先韵律上便滋味特殊。“归期”与“有期”开篇就有一个回环，而之后“巴山夜雨”四个字也有重复。四句七言中竟然敢用四个字进行重复，读来有格外韵味，恐只有李商隐一人。刘禹锡曾感慨“巴山楚水凄凉地，二十三年弃置身”，在巴蜀之地生存艰难，无人作伴，秋夜漫漫，凄楚苍凉。而在叙述中，把巴山放置在夜色里，秋水涨满在池塘里，再加以往复，给整个诗意抹上一层瑰丽的色彩。

奇崛之二在于其独特的时空观。桂馥在《札朴》卷六里写本诗道：“眼前景反作后日怀想，此意更深。”“君问归期未有期，巴山夜雨涨秋池。”你问我回家的日期，我的回答是遥遥无期。此刻夜间，雨绵绵不尽，屋前的池塘已经被水涨满。我百感交集，难以付诸笔端。“何当共剪西窗烛，却话巴山夜雨时。”等到咱们能相见彻夜交谈之时，我一定要给你细细诉说，此刻巴山夜雨的况味。每个人都是生活的囚徒，诗人在这里却能跳出现实之困，不仅置身于格外之地，还从格外之地反诸现实之境，可谓妙绝。从现在想到未来，是对现实的一种超脱，是打破了个人的现实性。而在未来之时却能回顾现

在，这便是对人生的一种救赎，比单纯的逃离要再上一层。人需要时不时地回顾，不管回归的这个现实有多么不堪。“此在”的艰难，需要以抽离来帮助度过，然而抽离之后如果没有回归，便无超越。所以便在“共剪西窗烛”之际，却恰是话“巴山夜雨”之时，这样的时空颠倒，确实是对现实最大的反思。

至此不禁想起王安石《与宝觉宿龙华院三绝句》。王之名篇《泊船瓜洲》，老少皆能诵：

“京口瓜州一水间，钟山只隔数重山。春风又绿江南岸，明月何时照我还。”他于熙宁八年复拜同中书门下平章事、昭文馆大学士，但他并不乐意被起用，故留下了多首诗篇，表达自己的矛盾心情。此诗中“明月何时照我还”便足以表达他的心迹。十年之后，王安石与宝觉宿龙华院，想起十年前的往事和当时的诗作，不由感慨万端，便又写下《与宝觉宿龙华院三绝句》：

老于尘迹倦追攀，但见幽人数往还。
忆我小诗成怅望，钟山只隔数重山。

世间投老断攀缘，忽忆东游已十年。
但有当时京口月，与公随我故依然。

与公京口水云间，问月何时照我还。
邂逅我还还问月，何时照我宿金山？

对照《夜雨寄北》，“与宝觉宿龙华院”便是“共剪西窗烛”之时，十年前的“泊船瓜洲”便是“巴山夜雨”。那时宝觉就送他至京口，宿金山。而王此时更进一步，又想起二十年前以翰林学士应召出山之时，也是宝觉相送，在金山宿。二十年来回环往复，不禁让人感慨人事流转，白云苍狗，只有明月和巴山的夜雨亘古不变。

思来想去，画者也只能描画西窗剪烛之时，其他留与观者自忖。

过故人庄

孟浩然

故人具鸡黍，
邀我至田家。
绿树村边合，
青山郭外斜。
开轩面场圃，
把酒话桑麻。
待到重阳日，
还来就菊花。

老朋友准备好了烧鸡和黄米饭，邀请我去他那朴实的农家做客。碧绿的树林将小村围绕，青翠的山峦在城墙外横卧。推开窗户迎面是谷场与菜园，把酒对饮我们闲聊耕作和桑麻。等到九九重阳节那天，还要来这里观赏菊花！

《过故人庄》为孟之田园诗代表，诗中语言朴实，简单铺陈出一日做客的情景，毫无渲染，却自然呈现出一幅农家生活风情画，有大巧若拙之神态。

“故人具鸡黍，邀我至田家。”主邀客至，开门见山，简洁达意。“鸡黍”既有田园风味，又能体现老友拿出上好的粮食招待朋友之淳朴厚道。“绿树村边合，青山郭外斜。”就餐的景致呼之欲出。近处，绿树将村庄环绕，农家的清新扑面而来；远处，比城墙还远的青山自在地横卧，观照着大地上的人们。正是这种近“绿”远“青”，让田园中的农家与自然融为一体，环境清淡幽静却远近映带，毫无冷傲孤僻之感。“开轩面场圃，把酒话桑麻。”景致进一步拉近，打开窗户，面对的是大谷场和菜圃，席间饮酒聊天的内容是农活。所谓田园诗，要紧的是其精神内涵。过故人庄一日，不仅是将环境放到田园中，连所谈所想的内容都是田园。在这里，没有人关心政治斗争和城市中的交际往来，大家所在意的是庄稼和农田，是非常现实的农家话题。于是诗人在这样一个恬然舒适的环境中决定“待到重阳日，还来就菊花。”到重阳节的

时候，我还会来与大家一起喝酒赏菊。

《唐诗摘钞》对此诗评价说：“全首俱以信口道出，笔尖几不着点墨。浅之至而深，淡之至而浓，老之至而媚。火候至此，并烹炼之迹俱化矣。王、孟并称，意尝不满于孟。若此作，吾何间然？结句系孟对故人语，觉一片真率款曲之意溢于言外。”语言到了至高层次便是天然。一动一静、一远一近就已经元气尽显。画者几易其稿，唯愿能将此元气也继承入画。

秦中感秋寄远上人

孟浩然

一丘常欲卧，
三径苦无资。
北土非吾愿，
东林怀我师。
黄金燃桂尽，
壮志逐年衰。
日夕凉风至，
闻蝉但益悲。

常常愿隐居小丘醉卧林泉，想要归隐家园又苦于没钱。久久逗留在北方本非我的心愿，东林寺的高僧名远才是我的追求。眼看着食物将尽柴火将没，雄心壮志也随着时间逐年消退。日色已晚凉风而至，听到秋蝉的叫声我心中更加悲切。

从唐诗中反映出来的情绪看，唐朝诗人一辈子顺利的人不多。“安史之乱”后社会动荡，诗歌也多反映人们不安的情绪，而安史之乱前，尽管社会相对稳定，读书人还是会因为科举不利，入仕无门而愁苦，即便是追求高逸，喜爱田园山水生活的孟浩然，也不免受其烦恼。公元727—729年，孟浩然逗留长安参加科举考试不第，这期间尽管也因一句“微云淡河汉，疏雨滴梧桐”名噪长安，但也终究没有如愿入得了朝廷，为国效力。羁留时间久了，自然产生凄苦难耐之情：“一丘常欲卧，三径苦无资。”我的心思在丘壑之中，宁愿流连在山水之间，然而归隐山水之间，拥有自己一方天地也是需要经济基础的。“北土非吾愿，东林怀我师。”我也不想待在长安没完没了，我的心意是向往东林寺的高僧慧远。正如题目所指，本诗本来也是写给一位叫“远”的和尚。相信提到东林，远自然能领悟诗人的向往之情。“黄金燃桂尽，壮志逐年衰。”长安居果然大不易，米贵柴贵，带来的钱财也慢慢用尽。而应试之时诗人已经接近四十岁了，年轻时候的雄心壮志也不再，

近来更是被考试的失败和命运的不公消磨。在这样一个背景下，“日夕凉风至，闻蝉但益悲。”白天将要结束，身边也刮起了秋天萧索的凉风，蝉声起，悲伤忧愁顿生，好像蝉也在为诗人的不如意悲鸣。

此时的诗人几乎去意已定。“促织惊寒女，秋风感长年。”而诗人甚至连过冬的衣服都没有，“授衣当九月，无褐竟谁怜”。不受赏识，自己又病，朋友也大多离开长安，“不才明主弃，多病故人疏”。既然这样，不如索性“南山归敝庐”。画事间隙，画者也不禁想到，不得志，又不得不放弃，这种颓然，怕是谁也无法承受。索性画出诗人，与其“面面相觑”，希望借此能给诗人一些安慰。

清明日宴梅道士房

孟浩然

林卧愁春尽，
开轩览物华。
忽逢青鸟使，
邀入赤松家。
丹灶初开火，
仙桃正发花。
童颜若可驻，
何惜醉流霞。

隐居林中的我正在慨叹春光将尽，打开小窗要好好观赏景物的美丽。忽然遇到了传递信件的使者，原来是梅道士邀请我前去做客。在那里，炼丹的炉灶刚刚生起火来，院苑中的桃花正灼灼盛开。如果喝了道士的仙酒能够保持童颜永驻，那我一定喝个一醉方休。

青鸟，西王母欲见汉武帝，先有青鸟飞来（《汉武故事》）。青鸟者，仙人使者也。三青鸟主为西王母取食者，别自栖息于西山。

赤松，仙人也。（《列仙传》谓："赤松子者，神农时雨师也，服水玉以教神农，能入火自烧。往往至昆仑山上，常止西王母石室中，随风雨上下。炎帝少女追之，亦得仙俱去。至高辛时复为雨师，今之雨师本是焉。"）

金灶，道家炼丹之丹炉也。（王勃《秋日仙游观赠道士》："雾浓金灶静，云暗玉坛空。"）

仙桃，天庭美食也。（《汉武帝内传》称西王母曾以玉盘承仙桃送汉武帝："又命侍女更索桃果。须臾，以玉盘盛仙桃七颗，大如鸭卵，形圆青色，以呈王母。母以四颗与帝，三颗自食。桃味甘美，口有盈味。"）

童颜，道家之追求也。（唐田颖《玉山堂诗文集·梦游罗浮》："自言非神亦非仙，鹤发童颜古无比。"）

流霞，仙酒之名也。（王充《论衡》：河东项曼斯好道，去乡三年而反，曰："去时，有数仙人将上天，离月数里而止，月之旁甚寒凄怆。

饥欲食，辄饮我流霞一杯，每饮辄数月不饥。”）

唐代佛、道兴起，诗人就结识了不少和尚和道士。孟浩然写给梅道士的诗有两三首，从诗中内容可以看出梅道士是他隐居期间的邻居。本诗就记录了一次造访梅道士的见闻。青鸟，赤松，丹灶，仙桃，童颜，流霞，几个意象铺陈，便呈现出一派道家圣地的景象。作为隐者的诗人正愁春之将尽，盛世不常，欲览俗世之光华。而接到邀请，来到梅道士山房后，忧愁顿消，便生出长生之意，希望借流霞美酒一醉，与仙家同班，永葆青春。

看来比起在长安干谒蹭蹬，孟山人更适合在山中做隐士。梅道士房图已画就，每每望去，画者也想掷笔投入其中，同享道家恬淡欢快的宴请。

秋登万山寄张五

孟浩然

北山白云里，
隐者自怡悦。
相望试登高，
心随雁飞灭。
愁因薄暮起，
兴是清秋发。
时见归村人，
沙行渡头歇。
天边树若荠，
江畔洲如月。
何当载酒来，
共醉重阳节。

登上万山峰岭，面对白云起伏，隐者我自有其趣，开心自怡。试着登高，希望能望见远方的你，心情早随鸿雁远去。忧愁总因薄暮而起，兴致由清秋招致。时时能看望见回村的人们，走过沙滩坐在渡口歇息。天边的树木仿佛一棵棵荠菜，江边的沙洲白如月光。什么时候你能带着酒来找我，共醉在重阳佳节。

本诗又名《九月九日岘山寄张子容》，可见万山乃是岘山，张五乃是张子容，还解释了登高原因乃因九月初九的登高习俗。

“北山白云里，隐者自怡悦”一句脱化自晋代陶弘景《答诏问山中何所有》：“山中何所有，岭上多白云。只可自怡悦，不堪持赠君。”陶诗超凡脱逸，也为本诗铺上了空灵生动的基调。“相望试登高，心随雁飞灭。”一个“试”字便点出了诗人登高的另一个目的是为了遥望远在白云生处的张子容。正因明知不能还要试，透露出诗人的一点天真。虽目不能及，但心已随雁飞去。“愁因薄暮起，兴是清秋发。”薄暮时分，一天将尽，凉意骤起，自然带来淡淡哀愁，但清秋山色却使人逸兴遄发。“时见归村人，沙行渡头歇。天边树若荠，江畔洲如月。”从山上往山下眺望，所见自成一景，本身便构成一幅秋日放工图。劳动一天的村民三三两两回来，有的还在沙洲上行走，有的正坐在渡头休息。而那遥远的树木细小如荠菜一般，沙洲白如月光，这一切在黄昏的朦胧中露出一股静谧的氛

围。而此时，诗人更想起朋友，希望他能带着酒来到身边，在重阳节团聚欢颜。

《秋登万山》流露着典型的孟诗之特点。一在其怀人。张子容是孟浩然挚友，一生中与孟浩然唱和诗歌，互相牵挂。“秋登万山”实在是一幅江村暮归图，但因发生在重阳，让登高的诗人不由得产生对朋友强烈的思念，所以才有前后之句。孟之山水田园，充满与人交织不断的情怀，这是其田园诗充满人文感的原因之一。二是其清幽空灵。正所谓沈德潜评孟诗之“语淡而味终不薄”。读来全诗笼罩在薄暮的光晕之下，其景其人皆悠然自处，毫无重力描摹，却在淡淡中把经过诗人情怀过滤过的景致展现出来。

画者思忖万千，唯能着笔于远近二景，希望能将孟诗之意表达其一二分。

望洞庭湖赠张丞相

孟浩然

八月湖水平，
涵虚混太清。
气蒸云梦泽，
波撼岳阳城。
欲济无舟楫，
端居耻圣明。
坐观垂钓者，
徒有羡鱼情。

八月湖水盛涨几与岸平，水天一色，交相呼应，浑然一体。云泽梦泽水域上蒸汽升腾，白茫茫一片，波涛汹涌之势似乎能撼动岳阳城。想要渡水却苦于找不到船只，闲居不仕又似乎愧对明君。坐着观望垂钓多么自在，可惜的是只能空怀一片羡鱼之情。

孟浩然西游长安时写就此诗，赠给当时在相位的张说，以求得到张的赏识和引荐。虽写得极委婉，干谒诗的痕迹还是很足，不过仍然不影响诗中强烈的艺术震撼力。“八月湖水平，涵虚混太清。”洞庭湖水满溢，几乎与岸相平，而水之大并不止步于此，再往上，仿佛接到高空。而天空倒映在水中，水天相交，浑然一体。“气蒸云梦泽，波撼岳阳城。”江北的云泽，江南的梦泽，两个水域如此之大，却都被蒸腾在湖上的水汽所笼罩，仿佛被吞没了一般。西南风起时，湖面波涛汹涌，湖水涌向东北岸，整个岳阳城都会被撼动。至此四句，足成孟浩然诗名。“气蒸云梦泽，波撼岳阳城”更是可与杜甫的“吴楚东南坼，乾坤日夜浮”分庭抗礼。宋代蔡绦《西清诗话》中评价说：“洞庭天下壮观，骚人墨客题者众矣，终未若此诗颔联一语气象。”想见如果不是抱着干谒的目的，诗人或许就此打住，只是为了表其心意，不得不添上后面四句。

“欲济无舟楫，端居耻圣明。坐观垂钓者，徒有羡鱼情。”浩浩荡荡的湖水就像这个太平盛

世一样气势恢宏，引得诗人想要一渡为快，然而没有船只，投奔无路，便只能闲居在家，只是这样又似乎对不起当今圣明，无法为国效力。观望着垂钓者在湖面，却无法参与，只有徒然表示歆羡之情罢了。在这里诗人用了“临渊羡鱼，不如退而结网”（《淮南子 · 说林训》）之典，恰如其分，虽为干谒，却无寒乞之相，也算得体。

画者冷观。唐代门第制度森严，若想在政治上找到出路，只有科举一条路，还得有得势之人的提携，不得已的“趋炎附势”也实属无奈。好在画家不需费此心思，拿来便画，倒也自由。可以只画“望洞庭湖”而忘“张丞相”尔。只是所画之景希望尽量能得“气蒸云梦泽，波撼岳阳城”的壮阔之态便足矣。

夏日南亭怀辛大

孟浩然

山光忽西落，
池月渐东上。
散发乘夕凉，
开轩卧闲敞。
荷风送香气，
竹露滴清响。
欲取鸣琴弹，
恨无知音赏。
感此怀故人，
中宵劳梦想。

傍山的日影忽然西落，池塘上的月亮从东边慢慢升起。披散着头发我在夜晚乘凉，开窗闲卧是多么清静舒畅。阵阵晚风送来荷花的香气，露水从竹叶上滴下发出清脆的声响。想要把琴取来轻弹一曲，只恨眼前无知音欣赏。感此良宵怀念故人，但我也只能在半夜空空念想。

将其隐逸时诗作读来，想必孟浩然仕途困顿乃是天意，因为隐士生活实在是太过适合孟夫子了。其隐士期间的诗作都像一幅幅平铺的日记，透出的是淡雅疏朗，毫无用力之迹，却自有一股盎然诗意，读起来有润物细无声之感。

“山光忽西落，池月渐东上。”开门见山的景象，毫无寒暄。“忽”与“渐”两个字便能将大多数人的感觉包裹入内。黄昏与夜晚的交替总是让人猝不及防，山外日影倏忽便消失，来不及惜别，而池上的月光确实缓缓登场，欲擒故纵。“散发乘夕凉，开轩卧闲敞。”“开轩”算是孟浩然喜欢的事情，在其诗作中屡次提到，不管是去农家做客，还是林中观景，抑或夏日乘凉。孟夫子的轩窗可没有诸如“小轩窗，正梳妆”的脂粉气，在其字典里，轩窗不是留给小儿女自怨自艾的道具，而是其拥抱田园，进入自然的一个门径。打开轩窗，一个生机盎然的自然世界奔涌而来。诗人也拿出其魏晋遗留的姿态，散发敞卧，纳凉赏月，任由闲适之意在自己的身心流淌。“荷风送香气，竹露滴清响。”闭上眼睛，可闻见荷花的香气，这风也顺

便得到了“荷风”之名，听得到露水滴在竹子上的清脆的声响，这露水也得到了“竹露”之名。夏日的情绪从视觉移到了嗅觉和听觉。“欲取鸣琴弹，恨无知音赏。”来自大自然的音乐勾起诗人的乐兴，想要拿出古琴弹奏一曲，但是没有知音来欣赏又有什么意义呢？“感此怀故人，中宵劳梦想。”对知音的渴望引发了诗人对朋友的思念，不过也只是在深夜徒劳地想想罢了。

孟浩然诗意中无处不在人与人的关爱，且与自然的诸多细节息息相关。诗人对朋友的思念不是由伤春悲秋勾起，而是在热闹温暖的夏日，似乎在一切美好具足的情况下，更平添对锦上添花的渴求，那就是友情的在场。作为画者，只能竭力体现具足的美好，锦上添花的遐想，则留给读者和观者去完成。

宿建德江

孟浩然

移舟泊烟渚，
日暮客愁新。
野旷天低树，
江清月近人。

把小船停在烟雾迷蒙的小沙滩旁，正值日落时分，新愁又涌上了游子的心头。旷野无边无际，远方的天空仿佛比近处的树林还要低，明月倒映在清清的江水上，仿佛这样可以与人更加接近。

第一次长安求仕失败之后，诗人身心疲惫地回到家乡。然而在家乡的草庐里日子也一天天变得沉寂，巨大的压力和心理负担使孟浩然再次踏上征程，远游吴越之地。船行至建德城外，渐行渐慢，最终停泊在江渚之上，烟笼江寂，孟浩然得到与自己独处的一刻，在与自我的对视中，他不禁被这样淡淡的感怀带入到了整个江景之中。

“移舟泊烟渚，日暮客愁新。”船行一日，总要停泊，在建德江过夜的小船终于在一个烟雾缭绕的小沙洲旁停下来，黄昏一如既往降临，也一如既往带给人伤感。伤感之情是旧的，然而伤感之新事层出不穷。羁旅之人如这漂泊的小船，即便靠岸也只是权宜之计，过去失意之事已不可追，而未来也毫无可期。日落之后总有日出，对于孟浩然来说，日出后该何去何从自己并不知道，就连这场吴越之游都也是一种逃避。“皇皇三十载，书剑两无成。山水寻吴越，风尘厌洛京。”（《自洛之越》）

“野旷天低树，江清月近人。”对于自己的境遇，孟浩然并没有多说一句。他转身融入这琢磨不透的江景中。极目苍茫，旷野无垠，天

边最远处，仿佛比身边的杂树还要矮。而左右环顾，澄清的江水中赫然映着一轮江月，仿佛触手可及。这轮孤月是为了亲近诗人才从天上下到人间的么？在这样一丝慰藉之中，诗人匆匆结束了本诗，似乎多说一丝都会破坏这难得的温馨。

《宿建德江》也是孟的名篇，不同于其他由景及人的写法，本诗先把人与俗世推出来，在与现实的不可调和之中转眼望向了暮色江景。言尽而意无穷。四野茫茫，江水悠悠，孤月独舟恰如在人世中的诗人自己，无来处，也无去处，只有月下江上，这一刻，便永恒。

宿桐庐江寄广陵旧游

孟浩然

山暝听猿愁，
沧江急夜流。
风鸣两岸叶，
月照一孤舟。
建德非吾土，
维扬忆旧游。
还将两行泪，
遥寄海西头。

山色昏暗，猿啼声声，听来不禁让人感到哀愁。夜色苍茫，桐庐江急涌，不舍昼夜地向东奔流。两岸的树叶被风吹动，发出萧萧之音，月光下的行舟越发孤单。建德风光虽好却非我的故土，遥想扬州，仍然怀念旧时友人，无可奈何，只能将两行热泪向西远远寄走。

本诗是诗人乘舟停宿在桐庐江时怀念友人而作。诗人寄予友人的诗歌甚多，也有很多与同是诗人的朋友的唱和之作，在盛唐诸多诗人中，他与其中翘楚诸如王维、李白等关系较好，又因为其隐士身份，结交了很多道家与释家的朋友，可见在孟浩然的一生中从不缺友情，甚至他可以算是唐朝人缘最好的诗人之一。这对于好交友、喜交际的唐朝知识分子，算是一种顺境吧。

而孟夫子的逆境，也和其他读书人无二，就是徒有一身才华，即便诗名远扬也摆脱不了科举落第的命运，并且更不顺的是，他还被玄宗亲命不得做官。在封建社会里，皇帝的旨意就是一切，这对孟浩然来说几乎是致命的，并且这还是发生在他四十岁科考失败之后，来自皇上的不认可，此时诗人的心境可以想见。

在这样的情绪下，“宿桐庐江”之景处处笼上了一种不安与肃杀。日暮，山深，猿鸣，急流，秋风，冷月，孤舟，一切凄迷孤寂的景物集中在一起，萧嗓不宁，让诗人感受不到一丝安全。困在这种意境中，孟夫子的救赎就是他

的幸运——朋友的存在对他起到了慰藉作用。“建德非吾土，维扬忆旧游。还将两行泪，遥寄海西头。”建德虽美，但不是诗人的故土，甚至都不是朋友们所在之处。此时诗人唯一能做的，就是抛洒两行热泪，让沧江夜流把这孤寂冷绝的泪水和思念带给大海西头的扬州故友。

孟浩然之诗作尽管多山水恬淡，在这卷月夜行舟图中不免也流露出凄凄惶惶的心情，情景交融，意境浑然，盛唐风神展示无疑。画毕独自欣赏，不由想到不知本诗对杜甫诗中的“无边落木萧萧下，不尽长江滚滚来”之句有多大的启发。

夜归鹿门山歌

孟浩然

山寺钟鸣昼已昏，
渔梁渡头争渡喧。
人随沙路向江姑，
余亦乘舟归鹿门。
鹿门月照开烟树，
忽到庞公栖隐处。
岩扉松径长寂寥，
唯有幽人自来去。

山寺钟声鸣响之时天色已近黄昏，渔梁渡口处还是一片争渡的喧哗声。人们沿着沙岸向着江村走去，我也搭乘一叶小舟返回鹿门。鹿门的月光照亮了轻烟缭绕的树木，我就这样，忽然来到了庞公隐居的住处。山岩相对道路洞开，松林长径寂寞聊赖，只有隐居之人在此，自来自去。

明代周珽在《唐诗选脉会通评林》评孟浩然诗曰："清彻，真澄水明霞。陈继儒曰：明月在天，清风徐引，一种高气，凌虚欲下。知此可读孟诗。"《夜归鹿门山歌》就是由这种高气驾驭的典型之作，整个诗意由一股清彻之感贯穿，清幽至极。

"山寺钟鸣昼已昏，渔梁渡头争渡喧。"黄昏降临，幽僻的古寺传来了报时的钟声，附近的渔梁渡头充满了人们争渡的喧闹。"人随沙路向江姑，余亦乘舟归鹿门。"上岸的村人们各自还家，诗人则继续乘舟回到自己位于鹿门的隐居之地。"鹿门月照开烟树，忽到庞公栖隐处。"山月一出，清光朗照，暮雾竟消，树影清晰。山月照亮的还有诗人的心，在这样清朗的心境下，诗人不知不觉来到庞公昔时隐居的地方。"岩扉松径长寂寥，唯有幽人自来去。"山岩相对打开，松树下道路悠长，空寂无人，只有喜欢清幽之人不受拘束，来来往往，自由自在。

《夜归鹿门山歌》高蹈之处在于，它的寂静从喧闹中脱胎而出，它的脱俗从世俗中诞生。

从日落黄昏到月悬半空，从汉江舟行到鹿门山径，实际是模拟了诗人自己人生的轨迹。年少轻狂鲜衣怒马时孟浩然也积极与乡民为伍，甚至在灾害之时安排灾民住到自己家里去，中年也参加科举，或为生存，或为国家，展现了自己积极入世的一面。而此时的孟浩然，已经在人生的喧嚣之后渐渐沉淀出自己的本性，从尘杂世俗逐渐走到了恬然超逸。

吟诵此诗，常常能看到一个干净超脱的隐士，像是在受到鹿门山的召唤，从傍晚走到深夜，从渡口走到山巅，从人间烟火走向遗世独立。想毕，便匆匆画下。山峦之上，自有高气，清风徐引，前来迎接幽人驾到。

与诸子登岘山

孟浩然

人事有代谢，
往来成古今。
江山留胜迹，
我辈复登临。
水落鱼梁浅，
天寒梦泽深。
羊公碑尚在，
读罢泪沾襟。

世间上的人与事一直充满更替变化，来来往往，时间流逝，形成了从古到今的历史。江山各处保留着名胜古迹，今日我们又可以登攀亲临。水落石出，鱼梁洲水位清浅，天寒木落，云梦泽迷蒙幽深。羊祜碑还在，读完不禁泪水洒满衣襟。

诗人大半生居住在襄阳城南岘山附近的涧南园，该诗即创作于诗人在家乡隐居读书、写诗自娱期间。诗人求仕不遇，心情苦闷，在极不得意的时候，与几个朋友登上岘山游玩，凭吊羊公碑，想到羊祜当年的心境，想起羊祜说过的"自有宇宙，便有此山，由来贤者胜士登此远望如我与卿者，皆湮灭无闻，使人伤悲"的话，正与诗人的处境正相吻合。由此借古抒怀，写下了这首诗。

这是一首触景伤情的感怀之作。岘山是襄阳名胜，孟浩然于此吊古伤今，感念自己的身世，再度抒发了感时伤怀的这一古老主题。

首联"人事有代谢，往来成古今"，是一个平凡的真理。大至朝代更替，小至一家兴衰，以及人们的生老病死、悲欢离合，人事总是在不停止地变化着，没有谁没有感觉到。人类社会总是在发展变化着，长江后浪推前浪，一代新人换旧人，这是不可逆转的自然法则。过去的一切都已不存，今天的一切很快又会成为过去，古往今来，年复一年，日复一日，寒来暑往，春去秋来，时光永在无情地流逝。首联两句凭

空落笔，似不着题，却流露出诗人的心事茫茫、无限惆怅，饱含着深深的沧桑之感。

颔联紧承首联。“江山留胜迹”是承“古”字，“我辈复登临”是承“今”字。“胜迹”，是指山上的羊公碑和山下的鱼梁洲等。作者的伤感情绪，便是来自今日的登临。登临岘山，首先看到的就是羊祜庙和堕泪碑。羊祜镇守襄阳颇有政绩，深得民心，他死后，襄阳人民怀念他，在岘山立庙树碑，“望其碑者莫不流泪，杜预因名为‘堕泪碑’”。诗人望碑而感慨万分，想到了前人的流芳千古，也想到了自己的默默无闻，不免黯然情伤。

颈联写登山所见。登山远望，水落石出，草木凋零，一片萧条景象。作者抓住了当时当地所特有的景物，提炼出来，既能表现出时序为严冬，又烘托了作者心情的伤感。“浅”指水，由于“水落”，鱼梁洲更多地呈露出水面，故称“浅”。看到鱼梁洲，自然会联想到曾与司马徽、诸葛亮为友，数次拒绝刘表延请的隐士高贤庞德公。“深”指更远处，一望无际、辽阔广远的云梦泽展现在眼前。天寒水清，冷气阴森，更感湖泊之“深”。古代“云梦”并称，在湖北省的大江南、北，江南为“梦泽”，江北为“云泽”，后来大部淤积成陆地，今洪湖、梁子湖等数十湖泊，皆为云梦遗迹。在岘山看不到梦泽，这里是用来借指一般湖泊和沼泽地。这两句诗写的是一种萧条荒落的情调，用来陪衬上下文。诗人登临岘山，深秋的凋零，不能不使他有“人生几何”“去日苦多”，眨眼又是一年过去，空怀才华却无处施展的慨叹。

尾联将题目中“岘山”二字扣实。“羊公碑尚在”，一个“尚”字，十分有力，蕴含了诗人极其复杂的情感。羊祜镇守襄阳，是在晋初，而孟浩然写这首诗却在盛唐，中间隔四百余年，朝代的更替，人事的变迁，是非常巨大的。然而羊公碑却还屹立在岘山上，令人敬仰。与此同时，又包含了作者伤感的情绪。四百多年前的羊祜为国效力，也为人民做了一些好事，是以名垂千古，与山俱传；想到自己仍为“布衣”，无所作为，死后难免湮没无闻，这和“尚在”的羊公碑，两相对比，自伤不能如羊公那样遗爱人间，与江山同不朽，因之就不免“读罢泪沾襟”了。

纵观全诗，这是一首触景伤情的感怀之作。这首诗感情真挚，平淡中见深远。该诗前两联具有一定的哲理性，诗的前四句，就是概括羊祜的话。“人事”，人物及其事迹，是有新陈代谢的。一代的人去了，一代的人接上了。这就成为古今。山水今天依然是一个名胜，却轮到我们这一代人来游玩。后两联既描绘了景物，富有形象，又饱含了作者的激情，使得它成为诗人之诗而不是哲人之诗。“湮灭无闻”正是对诗人自己遭遇的真实写照，想到自己空有抱负，不觉分外悲伤，触景生情，不禁潸然泪下。全诗感生命之短促，表怀才不遇之悲伤。同时，语言通俗易懂，感情真挚动人，以平淡深远见长。清沈德潜评孟浩然诗词：“从静悟中得之，故语淡而味终不薄。”这首诗确有如此情趣。

同时这也是首怀古诗。意思也不外乎“荒冢一堆草末了”的感叹，这是历代怀古诗跳不开的“桎梏”，不独孟浩然如此。但是孟的这首诗首联却以理句开篇，破空而来，点出主题，非常高妙，在他之前很少有人这样做。在他之后，也只有杜甫等少数人使用这种方法。到了宋代，这种方式就比较多了，比如王安石的“烈祖孤身取二江，子孙多以百城降”，苏轼的“人生到处知何似，恰似飞鸿踏雪泥”，等等。也就是说，孟浩然的这种单刀直入的写法，开后世特别是宋诗派的无限法门。

早寒江上有怀

孟浩然

木落雁南度，
北风江上寒。
我家襄水曲，
遥隔楚云端。
乡泪客中尽，
孤帆天际看。
迷津欲有问，
平海夕漫漫。

树叶凋零飘落，大雁飞向南方，北风萧瑟，江上寒气凛冽。我的家乡在弯曲的襄水边，在那被云阻挡的远远的楚地。思乡的眼泪在异乡流尽，忍看着天边归来的孤帆。风烟迷离，渡口何处寻，茫茫江水在夕阳下缓缓荡漾。

孟浩然的山水诗自有其韵味，平常人见到的山水，经过他写下，就像被他的眼睛、心灵和语言加了一层滤镜，铺染上了一份格外的情绪。诗人一生中有过两次漫游经历，都是在入仕之路不通后进行的，《早寒江上有怀》就是漫游长江下游时期的一个秋天所作。

“木落雁南度，北风江上寒”，脱胎于南朝宋鲍照的《登黄河矶》“木落江渡寒，雁还风送秋”，落叶和南飞的大雁几乎是秋景的最明显的特点。“我家襄水曲，遥隔楚云端。”在这样萧瑟的秋天里，诗人很自然地把自己与离乡的大雁联系起来，想念在汉水边的家乡，自古以来就是楚国的区域，远远望去，被云雾隔断，想念却见不到。“乡泪客中尽，孤帆天际看。”家乡不仅不可及，甚至都看不到，流落异乡的游子只能默默流泪，看着孤帆远去，多希望自己也在这归乡的船上。“迷津欲有问，平海夕漫漫。”“迷津欲有问”引用了孔子使子路问津的典故。孔子带领弟子周游列国，在被河流阻断道路时派子路去问两位长者，没想到这两位就是长沮、桀溺两位隐士，他们不仅没有说出渡口所在，反而嘲讽孔子奔走四方，与乱世同流

合污。在这里，孟浩然也抒发了自己的迷茫。他本意好隐居，可是或为抱负，或为生计，不得不到长安干谒科举，还没有得到赏识。此时处在人生十字路口的他，境况颇与孔子相似，经历入仕与隐逸的两难，故以“平海夕漫漫”作结：黄昏下的江水，漫漫无边，茫茫然，正如诗人此时的心情。

画毕放笔，怅然有失，大雁尚且知来往，人却不能进退自如，欲高蹈而无资，想同流亦不得。人生就是一个充满矛盾的集合体，每个人都在学习如何化解。

逢雪宿芙蓉山主人

刘长卿

日暮苍山远，
天寒白屋贫。
柴门闻犬吠，
风雪夜归人。

天色已晚，夜幕欲开，苍山显得越发悠远，天气寒冷，白色的茅草屋显得更加寒酸。柴门外传来狗叫声，原来是有人在风雪之夜回到家中。

《逢雪宿芙蓉山主人》只一“风雪夜归人”便流传千古，其意象不言自明，既是风雪交加，却有人归来，带来一种欣然和温暖，而对诗人而言，这风雪之夜归人更是有现实含义。刘长卿曾受诬陷获罪，因监察御史苗丕明察秋毫发现其中异样，才从轻发落遭贬。这一个发生在诗人身上的政治事件正可以被这首寒意中透着一丝暖意的情节所代表，其对苗丕的感激之情也隐含其中。

“日暮苍山远，天寒白屋贫。”既是投宿，就先介绍了前因后果。大雪封山，暮色降临，白雪覆盖的苍山一片茫茫，是要找个地方过夜了。此时天寒地冻中，一个被雪涂成白色的茅草屋映入眼中，看上去是一户贫苦人家。“柴门闻犬吠，风雪夜归人。”一番交涉后，诗人住了下来。突然间听见门外有狗叫声，柴门打开，原来是家里人在风雪中归来。

多年来提起雪景，在心中出现唐人诗意的只有两首，一为柳宗元之《江雪》，另一个便是《逢雪宿芙蓉山主人》，这两首都是意象非常强烈又与作者的政治现实相“对映”的诗，而对于画者来讲，对这两首诗始终念念不忘的原因是诗中所摹状的“现实”其实是在诗人心中回

荡的景象，进而进入到画者脑海中。《江雪》是一种极寒中的清冷，而《逢雪宿芙蓉山主人》却有一种充满安全感的温暖。诗人首先极尽铺垫，把自己置于一个貌似无助的境地。寒夜，远山，农家，柴门，条件极为艰苦，但也算是一个短暂过夜之处。而屋外突然的门开声，犬吠声，人语声，一片熙攘，原来是家里人回归。这样的风雪天气，农家不可避免担心还在外的亲人，而他们的归来让这个雪夜变得温暖，不再担忧，主人客人一起享受寒夜里茅草屋能够提供的温暖。

画有尽而意无穷，这幅“风雪夜归人”之图景恐怕还得在画者心中继续回响，在每个下雪的日子。

秋日登吴公台上寺远眺

刘长卿

古台摇落后，
秋日望乡心。
野寺人来少，
云峰水隔深。
夕阳依旧垒，
寒磬满空林。
惆怅南朝事，
长江独至今。

吴公古弩台已经倾颓，秋天的景色勾起我的思乡之情。荒凉的寺院少有人来往，隔水眺望，云峰又显幽深。夕阳倚着旧的防御工事，迟迟不愿下落，清冷的磬声在空荡的山林中回响。感伤于南朝往事，不胜唏嘘，只有眼前的长江不停奔流，从古到今。

伤古怀今的凭吊诗总是多种情绪的交织，既是对旧人旧事的感慨，又是对诗人自身境遇的投射，还因这种交织代表着诸多其他在历史中存在的人和事，为此这类诗总是充满了一种复杂的惆怅。“古台摇落后，秋日望乡心。”秋日下一切都凄楚，连吴公台都破败不堪，眼见这样的景象，思乡之情更切。“野寺人来少，云峰水隔深。”登临触目，所望之处，寺院偏僻，人迹罕至，山峰入云，与诗人隔水相望。寺与云，清静幽远，感怀之情更添了一些超俗的情致。“夕阳依旧垒，寒磬满空林。”夕阳依着旧的防御工事，林中回荡着寒气十足的寺庙钟声。此时的景致中多了入世之感，夕阳为其填上色彩，钟磬为其增添音律。但是这色彩因其来自夕阳，依旧惨淡，钟声因其来自寺庙，更添寒气。正因这凄冷色彩的加入，入世之景更添情绪。“惆怅南朝事，长江独至今。”原来感怀的是南朝之兴衰，唯有长江不经人事，独立奔流。

《秋日登吴公台上寺远眺》仅题目中的“秋”字就泄露天机，预感其惆怅的诗意。而诗中之景，更是步步造景，句句切题，画者作画，一

句一笔，诗毕意成。如《诗式》中所说：“发句上句点‘台’字，下句点‘秋日’，‘望’字起‘登’字意。颔联上句入‘寺’字，下句切‘远眺’。颈联上句切题意，盖寺为吴公战场也；下句切台上寺，寺在高处，磬声散落，故空林俱满。此联‘依’字、‘满’字，为炼字法。落句就题意收，盖吴公为陈将，南朝战场今已为寺，故可‘惆怅’，唯长江自流耳。此以吊古作收者，下句并切‘台上’、‘远眺’等字，此结句余意无穷法也。凄清。”

凄清，然也。读毕，画毕，唯此二字在心中回荡。

送灵澈上人

刘长卿

苍苍竹林寺，
杳杳钟声晚。
荷笠带斜阳，
青山独归远。

遥望远方，竹林寺在苍翠竹林中若隐若现，耳边悠悠传来报时的钟声。在夕阳的余光下，背着斗笠向青山深处走去，越走越远。

灵澈上人是一位诗僧，在会稽云门山云门寺出家，诗中所说竹林寺是灵澈一次游方歇宿的寺院。唐代宗大历四、五年间，刘长卿贬谪归来并未得到重用，一直非常失意，而灵澈上人也在云游江南，在润州逗留时遇到了诗人，二人惺惺相惜，有过一段交往，本诗就是写就于一次诗人送灵澈回寺的场景。立景很小，但是唐朝里那方禅意在这首诗得到了最精确的体现，可谓韵味无穷，是画者珍爱的诗作之一。

“苍苍竹林寺，杳杳钟声晚。”两句五言，便把闻之者置身于一个诗人和上人正处的一个世界。远远的，在一片苍绿下，竹林寺进入视野。既然是竹林寺，想必是被竹林的苍翠围绕。眼中有寺，耳边传来悠悠的钟声，暮鼓晨钟，像是在召唤着未归院的僧人。在眼中一片翠，耳中鼓声鸣的时候，我们知道这是灵澈回寺的时刻了。

“荷笠带斜阳，青山独归远。”灵澈戴着斗笠，披着夕阳的余晖，孤身一人，走向青山的深处，没有一丝留恋，只留下诗人自己向着上人离去的背影看去，久久伫立，依依不舍。

《送灵澈上人》是小品，却特别深远，读来回味无穷，画者也曾有多个画的版本。第一句“苍苍竹林寺，杳杳钟声晚”就倏地把所有人抛

入了一种存在的状态。一片碧色下，只听得远处钟声的召唤。虽在诗中是灵澈归去，其实钟声也是在召唤着每一个向佛之人。紧接着“荷笠带斜阳，青山独归远”又把人抛入了一种情绪。虽然是灵澈的回寺之路，却也暗示着灵澈的向佛之路，只能自己孤独地往下走，没有人陪伴，而恰恰这也是每个人自己的生存处境，每个人都是在一个孤独的状态中前行，带着斗笠，以防人生的雨天，因为在大雨滂沱的时候，可能找不到一个避雨之处，解决的最好方法正是由自己带在身上。

《送灵澈上人》数十年来无数次回顾，每次都感慨万千。时常于画中仿佛看到画者自己，独自向青山的深处走去。

长沙过贾谊宅

刘长卿

三年谪宦此栖迟，
万古唯留楚客悲。
秋草独寻人去后，
寒林空见日斜时。
汉文有道恩犹薄，
湘水无情吊岂知。
寂寂江山摇落处，
怜君何事到天涯。

被贬于此寂寞栖居三年，可怜遭遇令无数后来人感伤。踏着秋草独自寻觅你的足迹，而只有在寒林里空见斜阳缓缓下落。文帝虽是明君，却对你恩疏情薄，湘江水无意，凭吊又有谁能够明白。江山寂寥，草木纷纷凋零，可怜的你又为了什么事情流落至此呢？

古来今往，心事有谁知，大概只有那遭遇相似的人可以互相理解，惺惺相惜。深秋肃杀之时，诗人只身来到长沙，在贾谊故居凭吊伤怀。贾谊，汉文帝时著名的政论家，因被诬陷而被贬谪，后虽被召回京，但始终未被重用，郁郁而亡。而诗人自己也是被多次贬谪，官场并无太大建树，行至此地，与古人同，句句讲的是贾谊，也句句讲自己，如末句“怜君何事到天涯”，也暗合“同是天涯沦落人”之意。

“三年谪宦此栖迟，万古唯留楚客悲。”“三年”与“万古”对，人生短暂，三年在此谪居，其悲情却能回荡在万古之后。“万里悲秋常作客”，一“栖”一“客”，把个贬至异乡之人的状态描述得恰如其分，一“迟”一“悲”，又奠定了整诗的情绪。“秋草独寻人去后，寒林空见日斜时。”人去后，诗人独自寻觅，寒林日斜的萧索，不也正是贾谊和诗人所处的时代的政治环境么？“汉文有道恩犹薄，湘水无情吊岂知？”贾谊所处时代为明主汉文帝，尚且对贾谊如此薄恩，未出口之语是，何况自己所效命的是昏聩无能的唐代宗，更别想要得到什么恩典了。

湘水无情，屈原怎会想到百年后是贾谊来到湘水之滨悼念自己，未出口之语是贾谊当然也想不到他的不幸遭遇在后来被诗人感同身受。“寂寂江山摇落处，怜君何事到天涯。”眼看着寒风越起越悲凉，黄叶开始纷纷飘落，就像当今风雨飘摇的国家局势，而我们又做错了什么，为什么在这样的社会里还被放逐到天涯。悲凉之意难禁，诗人也如屈原般发出了“天问”。

“湘水无情吊岂知”，前人从不知后来人的苦楚，无论是愤懑、悲伤、抑郁，还是欢乐，都只能与前人来类比。临川凭吊，是对前人的同情，更是对自己的不忍。天底下并无新事，而一代一代的有心之人有志之士也只能在同命之人处寻求一丝安慰了。

大林寺桃花

白居易

人间四月芳菲尽，
山寺桃花始盛开。
长恨春归无觅处，
不知转入此中来。

山外俗世四月，百花凋零殆尽，高山古寺院里，桃花方才盛开。常遗憾春光逝去无处寻觅，殊不知它已跑到这里来了。

此诗作于唐宪宗元和十二年，白居易被贬任江州司马时所作。白居易与友十七人一路游览而来，住在大林寺，殊不知寺内景色别有洞天，与山外迥异。“……凡十七人，自遗爱草堂历东西二林，抵化城，憩峰顶，登香炉峰，宿大林寺。大林穷远，人迹罕到。环寺多清流苍石、短松瘦竹，寺中唯板屋木器，其僧皆海东人。山高地深，时节绝晚，于时孟夏月，如正二月天，山桃始华，涧草犹短，人物风候与平地聚落不同。初到恍然若别造一世界者。因口号绝句云（即《大林寺桃花》）。既而周览屋壁，见萧郎中存、魏郎中宏简、李补阙渤三人姓名文句，因与集虚辈叹且曰：‘此地实匡庐间第一境。’由驿路至山门，曾无半日程，自萧、魏、李游，迨今垂二十年，寂寥无继来者。嗟乎！名利之诱人也如此。时元和十二年四月九日，太原白乐天序。”（白居易《游大林寺序》）

白居易入仕较早，官路平稳，直至左拾遗，贬谪江州应该算他第一个大的挫败，白居易的思想合儒佛道三家，在这样一个重大的人生转折点上，他的诗开始流露一些出世的禅意，这应该算是他释路的开始。梦幻之花，是每个俗世之人的追寻，春光短暂，“来如春梦几多时？去似朝云无觅处。”而就在春逝无返的时节，春

光却能在大林寺中寻到，山中高地，“人物风候与平地聚落”不同，这对自认为是“天涯沦落人”的江州司马无异是一道亮光。“由驿路至山门，曾无半日程”，空间的移动；“自萧、魏、李游，迨今垂二十年”，时间的流转；不同的风貌，让人不得不反思平日所追寻之物的真实性。“嗟乎！名利之诱人也如此。”你若追它，“无觅处”，没有想到，其实它“转入此中来”。所谓梦幻空花，何劳把握。尘世之人苦追不得，而“大林穷远，人迹罕到”之地却充盈。

大林寺之桃花，逆时沧桑，言有尽而意无穷，画意何尝不是，唯有平地山间都奉上，观者自辨而尔。

琵琶行

白居易

元和十年，予左迁九江郡司马。明年秋，送客湓浦口，闻舟中夜弹琵琶者，听其音，铮铮然有京都声。问其人，本长安倡女，尝学琵琶于穆、曹二善才，年长色衰，委身为贾人妇。遂命酒，使快弹数曲。曲罢悯然，自叙少小时欢乐事，今漂沦憔悴，转徙于江湖间。予出官二年，恬然自安，感斯人言，是夕始觉有迁谪意。因为长句，歌以赠之，凡六百一十六言，命曰《琵琶行》。

浔阳江头夜送客，
枫叶荻花秋瑟瑟。
主人下马客在船，
举酒欲饮无管弦。
醉不成欢惨将别，
别时茫茫江浸月。
忽闻水上琵琶声，
主人忘归客不发。
寻声暗问弹者谁？
琵琶声停欲语迟。
移船相近邀相见，
添酒回灯重开宴。
千呼万唤始出来，
犹抱琵琶半遮面。
转轴拨弦三两声，
未成曲调先有情。
弦弦掩抑声声思，
似诉平生不得志。
低眉信手续续弹，
说尽心中无限事。
轻拢慢捻抹复挑，
初为霓裳后六幺。
大弦嘈嘈如急雨，
小弦切切如私语。
嘈嘈切切错杂弹，
大珠小珠落玉盘。
间关莺语花底滑，
幽咽泉流冰下难。
冰泉冷涩弦凝绝，
凝绝不通声暂歇。
别有幽愁暗恨生，
此时无声胜有声。
银瓶乍破水浆迸，
铁骑突出刀枪鸣。
曲终收拨当心画，
四弦一声如裂帛。
东船西舫悄无言，
唯见江心秋月白。
沉吟放拨插弦中，
整顿衣裳起敛容。
自言本是京城女，
家在虾蟆陵下住。
十三学得琵琶成，
名属教坊第一部。
曲罢曾教善才服，
妆成每被秋娘妒。
五陵年少争缠头，
一曲红绡不知数。
钿头银篦击节碎，
血色罗裙翻酒污。
今年欢笑复明年，
秋月春风等闲度。
弟走从军阿姨死，
暮去朝来颜色故。
门前冷落鞍马稀，
老大嫁作商人妇。
商人重利轻别离，
前月浮梁买茶去。
去来江口守空船，
绕船月明江水寒。
夜深忽梦少年事，
梦啼妆泪红阑干。
我闻琵琶已叹息，
又闻此语重唧唧。

同是天涯沦落人，
相逢何必曾相识！
我从去年辞帝京，
谪居卧病浔阳城。
浔阳地僻无音乐，
终岁不闻丝竹声。
住近湓江地低湿，
黄芦苦竹绕宅生。
其间旦暮闻何物？
杜鹃啼血猿哀鸣。
春江花朝秋月夜，
往往取酒还独倾。
岂无山歌与村笛？
呕哑嘲哳难为听。
今夜闻君琵琶语，
如听仙乐耳暂明。
莫辞更坐弹一曲，
为君翻作琵琶行。
感我此言良久立，
却坐促弦弦转急。
凄凄不似向前声，
满座重闻皆掩泣。
座中泣下谁最多？
江州司马青衫湿。

宪宗元和十年，我被贬为九江郡司马。第二年秋季的一天，我到湓浦口送客人，夜里听到有人在船上弹琵琶，听其声音铮铮铿铿有京都的感觉。询问起来，她原来是长安的歌女，曾求教于穆、曹两位琵琶大师。后来年纪大了，红颜退尽，嫁给商人为妻。于是命令人摆酒叫她畅快地弹几曲。曲毕，她有些失意，说起了年轻时的辉煌，而如今漂泊在外，形容憔悴，在江湖间辗转。我离开京都调任外职两年来，一直随遇而安，自得其乐，而今感慨于她的话，方才有被降职贬谪的感觉。于是撰写一首长诗赠送给她，共六百一十六字，题目就是《琵琶行》。

夜晚我到浔阳江头送别客人，枫叶、芦荻的花被秋风吹得发出飒飒声响。我下马和客人在船上饯别设宴，举起酒杯想要饮酒却无助兴的音乐。酒喝得不痛快，更伤心将要分别，临别时茫茫江水中浸着一轮冷月。忽然听见江面传来阵阵琵琶声，听得入神我都不想离开，而客人也不想动身出发。寻着琵琶声轻声询问演奏者的是谁？停了许久却迟迟不语。

移船靠近邀请她出来相见，添酒点上灯重新摆起酒宴。千呼万唤她才缓缓地走出来，却仍然抱着琵琶半遮着脸面。转紧琴轴拨动琴弦试弹了几声，没有曲调却先有了情感。凄楚悲切声音隐含着沉思，似乎在诉说着她一生的不如意。低眉随手慢慢地连续弹奏，尽情地倾诉心底无限的伤心事。轻拢慢捻，抹弦挑指，先弹《霓裳羽衣曲》再弹《六幺》。大弦声音沉重抑扬如暴风骤雨，小弦细促轻幽、急切细碎，如人窃窃私语。嘈嘈声切切声互为交错，就像大大小小的珠子一颗颗掉落在玉盘上。一会儿像黄鹂在花下啼鸣婉转流利，一会儿又像泉水在冰下流动滞涩不畅。冰冷的泉水冷涩，琵琶声开始凝结，凝结而不通畅，声音渐渐地中断。像另有一种愁思幽恨暗暗滋生，无声之处却比有声更动人。突然，琵琶之音陡然高昂，似银瓶炸裂，水浆奔迸；又像杀出一队铁骑，刀枪齐鸣。一曲终了拨子从弦索中间划过，四弦一声轰鸣好像撕裂了布帛。东面和西面的画舫和游船都静悄悄地，只看见江心之中映着的秋月泛着白光。

她沉吟着收起拨片插在琴弦中，整理好衣服，显出庄重的面容。她说她本是京城负有盛名的歌女，老家住在长安城东南的虾蟆陵。十三岁就已学成弹奏琵琶技艺，名字登记在教坊乐团的第一部里。每曲弹罢都令艺术大师们叹服，每次妆成都被同行歌女们嫉妒。京城的富贵子弟争着给我赏赐，每当一曲弹罢，不知要给多少彩绸。钿头银篦打节拍常常断裂粉碎，红色罗裙被酒渍染污也不后悔。年复一年都在欢笑打闹中度过，秋去春来美好的时光白白消磨。

教坊的兄弟参军去了，当家的阿姨也死了，一年又一年，我也变得年老色衰。门前车马减少光顾者稀稀落落，年岁大了我只得嫁给商人为妻子。商人只重营利，对离别看得很轻淡，上个月他到浮梁买茶办货去了。他去了留下我在江口孤守空船，秋月与我作伴，绕舱的秋水凄寒。更深夜阑常常梦到少年时作乐狂欢，梦中哭醒涕泪纵横污损了粉颜。

我听了琵琶曲早已摇头叹息，又听到她这番诉说更加唏嘘，同样都是沦落在天涯尽头的可怜人，今日相逢何必问是否曾经相识！自从去年我离开繁华长安京城，被贬居住在浔阳江畔便一直卧病。浔阳这地方荒凉偏僻没有音乐，一年到头也听不见管弦奏鸣。居住在湓江附近，低洼潮湿，院子周围，尽长些黄芦苦竹。在这里早晚能听到的是什么呢？尽是杜鹃猿猴那些悲凄的哀鸣。春江花朝秋江月夜那样好光景，也无可奈何常常取酒独酌独饮。这里也有山歌和村笛吗？只是那音调嘶哑粗涩实在难听。今晚听了你用琵琶弹奏的乐曲，像听了天上的仙乐，耳朵也顿时清明。请你不要推辞坐下来再弹一曲，我要为你创作一首新诗《琵琶行》。

被我的话所感动她站立了好久，回身坐下再转紧琴弦拨出急声。凄凄切切不似刚才奏过的单调，在座的人重听都掩面哭泣不停。要问在座之中谁流的眼泪最多？我江州司马泪水已湿透青衫衣襟！

江中水声，空中秋月，是人生永远的舞台。在这个舞台上，同为天涯沦落之人，人与人之间便没有太多的区别，受制于时间，受制于权力，辉煌与卑微交织，欢乐中有悲伤，痛苦中有安慰。湓浦口船边，四目相对，涕泗流涟。能共感的还有琵琶曲的听者，还有诗意所达的共鸣人。

问刘十九

白居易

绿蚁新醅酒，
红泥小火炉。
晚来天欲雪，
能饮一杯无？

新酿的米酒，色绿香浓，小小火泥炉，烧得殷红。黑夜将至，空中泛着雪意，能否一顾寒舍共饮一杯暖酒？

要想知道刘十九是谁，要先知道刘二十八是谁。刘二十八就是刘禹锡，与白居易合起来有“刘白”之称的刘二十八。刘十九乃其堂兄刘禹铜，系洛阳一富商，与白居易常有应酬。如果说刘二十八是白居易的诗友，那刘十九就是他的酒友。失意时陪着他度过：“红旗破贼非吾事，黄纸除书无我名。唯共嵩阳刘处士，围棋赌酒到天明。”冬天时邀他喝酒：“晚来天欲雪，能饮一杯无？”春天了，也与他喝酒：“瓮头竹叶经春熟，阶底蔷薇入夏开。似火浅深红压架，如饧气味绿粘台。试将诗句相招去，倘有风情或可来。明日早花应更好，心期同醉卯时杯。”（《蔷薇正开春酒初熟因招刘十九张大夫崔二十四同饮》）

欲雪之天，阴沉灰暗，空气凛冽，而屋内粗拙小巧的火炉正被烧得通红，新酿好的酒泛着绿色的泡沫，细小如蚂蚁，色彩鲜艳，短短两句便勾画出融融暖意，正如《诗境浅说续编》所说：“寻常之事，人人意中所有，而笔不能达者，得生花江管写之，便成绝唱，此等诗是也。”

然而正如屋外寒冷更衬托屋内的温暖，新酒火炉俱全更更衬托故人不在的遗憾。人人皆读出《问刘十九》中有暖酒便饮之快意（《唐诗快》：岂非天下第一快活人），可画家总感觉在

这温馨洋溢的气氛中似乎有些伤感。有人说《问刘十九》是白居易晚年隐居洛阳，“天晚欲雪，思念旧人”时所作。也有人认为此诗作于元和十二年，诗人任江州司马之时。无论是怀念时间上的故人，还是想念另外一个空间的旧友，总是在反映诗人心中略感的缺憾。老年的白居易关键词虽然是“闲适”，但也是经历与诸多朋友的伤离别，连陪伴自己多年的樊素和小蛮也离去了；江州司马任上的白居易，倒也是“闲适”，可偏偏遇到琵琶女，将自己故作的“恬然自安”完全击碎。在此时，有什么比发出一份不会得到回答的邀请，更落寞的呢？

晨诣超师院读禅经

柳宗元

汲井漱寒齿，
清心拂尘服。
闲持贝叶书，
步出东斋读。
真源了无取，
妄迹世所逐。
遗言冀可冥，
缮性何由熟？
道人庭宇静，
苔色连深竹。
日出雾露余，
青松如膏沐。
澹然离言说，
悟悦心自足。

汲来清凉的井水洗漱牙齿，把心涤荡清澈，再把衣服上的尘土拂去。悠闲地捧起佛家的贝叶经卷，信步走出东斋吟诵朗读。佛经的真谛世人并没有真的领悟，反而时常追逐荒诞无聊之事。佛教的深言大义值得细细研究，仅凭修养本性怎能圆熟？道人的禅院幽雅清静，青苔的绿色一直连向竹林深处。太阳出来照着晨雾的余露，滋润着苍翠的青松仿佛给它们涂上一层油脂。我心里纯净澹然，不需要用语言来表达，体悟到佛法让我心里愉悦，畅快满足。

元和元年（806），柳宗元被贬永州，住龙兴寺，与住持重巽相邻，题中“超师”即为重巽。武则天时期对佛教的推崇和普及，在政治黑暗、社会动荡的唐朝后期为人们提供了心理上的避难所，不少人笃信佛教以寻求心理的平衡。柳宗元不同于其他信徒，他主要是把佛法当作一种知识体系来学习，而其诗中的超拔挺立的意象也往往是自己学佛的体悟。《晨诣超师院读禅经》直接描写了诗人住在龙兴寺之所做所想。《苕溪渔隐丛话》曾有评：“《诗眼》云：子厚诗尤深远难识，前贤亦未推重。自老坡发明甚妙，学者方渐知之。……向因读子厚《晨诣超师院读禅经》诗，一段至诚洁清之意，参然在前。‘真源了无取，妄迹世所逐。微言异可冥，缮性何由熟？’真妄以尽佛理，言行以薰修，此外亦无词矣。‘道人庭宇静，苔色连深竹。’盖远过‘竹径通幽处，禅房花木深。’‘日出雾露余，青

松如膏沐。’予家旧有大松，偶见露洗而雾披，真如洗沐未干，染以翠色，然后知此语能传造化之妙。‘澹然离言说，悟悦心自足。’盖言因指而见日，遗经而得道，于是终焉。其本末立意遣词，可谓曲尽其妙，‘毫发无遗恨’者也。”

一日清晨，带着清寒起床，漱齿掸尘之后便拾起佛经，边行边读。佛法如此无边有义，却无法让所有人领悟体达，实在很可惜。此时站在僧人的庭院内，被一种至幽之静包裹着，太阳渐渐出来，透过水雾滋润着松树，就像佛法滋润在诗人心间。一种被佛理充斥在内心的满足感让诗人感到无比愉悦，不语而能自足，心里璨璨然。画至此，画者也有种璨璨之感，譬如“世尊拈花，迦叶微笑”，愿与诗人心意相通，也置身于龙兴寺的那个清晨。

登柳州城楼寄漳汀封连四州

柳宗元

城上高楼接大荒，
海天愁思正茫茫。
惊风乱飐芙蓉水，
密雨斜侵薜荔墙。
岭树重遮千里目，
江流曲似九回肠。
共来百越文身地，
犹自音书滞一乡。

登上柳州高楼向远方眺望，极目所见的是一派荒凉冷清的茫茫沙野，如海天一般的茫茫愁绪滚涌而来。狂风大作，掀动了水中的荷花，暴雨来袭，斜打着长满木莲的土墙。层叠的远山连绵起伏，杂树万重，遮挡了远望的视线，清澈的柳江九转千回，如同我百结的愁肠。我们一起来到这边远的蛮荒之地，怎堪音书难通，人各一方。

柳宗元与韩泰、韩晔、陈谏、刘禹锡都因参加王叔文领导的永贞革新运动而遭贬。元和十年（815），柳宗元等人循例被召至京师，本有希望被重新起用，但最终未能成功，再度贬为边州刺史。到达柳州后，登楼之际，面对满目异乡风物，想起多年贬谪生活，仕途艰辛，朋友不得相见，不禁愁肠满怀，写下此诗。

“城上高楼接大荒，海天愁思正茫茫。”此句查慎行在《初白庵诗评》评曰：“（首二句）起势极高，与少陵‘花近高楼’两句同一手法。”诚然，读来颇有“花近高楼伤客心，万方多难此登临”之感，登楼极目，周围都是荒凉偏远之地，不由想到谪居的艰苦，远处海天相接，雾蒙蒙一片，正如自己的愁思一般，茫茫然不得离散。“惊风乱飐芙蓉水，密雨斜侵薜荔墙。”屈原《离骚》有云：“制芰荷以为衣兮，集芙蓉以为裳。不吾知其亦已兮，苟余情其信芳。”又云：“擥木根以结茝兮，贯薜荔之落蕊；矫菌桂以纫蕙兮，索胡绳之纚纚。謇吾法夫前修兮，

非世俗之所服。”芙蓉与薜荔是人格中美好的象征，也象征着诗人和朋友们的赤诚。风雨飘摇的唐朝正像这个天气一般，用它的狂风和密雨摧毁着忠心的士大夫以及普通老百姓。“岭树重遮千里目，江流曲似九回肠。”重岭密林遮蔽着想要看到千里之外的目光，江流曲折，就像这百转千回的愁肠一般，绵延不断。诗人此时已经把自己寄托在这被肆虐的山水之中了。“共来百越文身地，犹自音书滞一乡。”若是只是诗人自己被贬谪倒也没有如此痛心，最令人难过的是几位同僚兼朋友都受到朝廷的驱逐，“共来”这蛮荒之地，交通阻隔，连音书都无法送到。在此诗人登柳州城楼，作诗寄漳、汀、封、连四州，甚至本诗朋友们都可能收不到，悲愤与思念无处诉说，更添惆怅。

作画本诗，时时可感诗人的“沉郁顿挫”之情，应了查慎行之评，确有少陵的风骨。选此诗是被一段文字打动：“公元815年，柳宗元登上柳州城楼，满目异乡风情，满怀抑郁惆怅，遂写诗赠给遭遇相同的难兄难弟，成就了这首被誉为‘辽阔哀愁’的《登柳州城楼寄漳汀封连四州》。四年后，柳宗元死于柳州任上，时年四十七岁。”文人之怀，时时是创伤重重，若非少陵，以普天苍生的大情怀打底，实难承受。

江雪

柳宗元

千山鸟飞绝，
万径人踪灭。
孤舟蓑笠翁，
独钓寒江雪。

群山之中，所有鸟儿都飞得不见踪影，无数条路，所有人都失去了痕迹。江上一条孤零零的小舟，坐着一位披戴着蓑笠的老翁，垂钓，在这覆满了雪的江面之上。

有僧问："如何是摩诃般若？"

清耸禅师道："雪落茫茫。"

僧无语。清耸禅师便问："会么？"

僧曰："不会。"

清耸禅师于是示偈云："摩诃般若，非取非舍。若人不会，风寒雪下。"

我们山水画家喜欢雪景，一者可以大量用白，二者可以在空明、清净的世界塑造一种高迥智慧的意象。如文徵明所说："古之高人逸士，往往喜弄笔作山水以自娱，然多写雪景，盖欲假此以寄其岁寒明洁之意耳。"然而画者却格外喜画唐人诗中的雪景，因其诗意本身就足够，再加上画意，二者融合，凉意更足。

"千山鸟飞绝，万径人踪灭。"如钱选之"人烟一饭少，山雪独行深。"但偏偏比钱之句更加枯绝。山是存在的，活物之鸟绝迹，路总是千万条，走路的人却没有了。短短两句，不仅塑造了一种空寂的孤独感，更体现了生与死、有与无的对立。"孤舟蓑笠翁，独钓寒江雪"。如果仅仅是山鸟人影俱无踪，至多把这种孤独塑造成一种永恒，但是偏偏在满是雪的江面上有一个披蓑戴笠的老翁独自垂钓。万籁俱寂之中的形单影只更加深了这种独绝之感。寒雪中

垂钓，也颇具姜太公钓鱼“负命者上钓来”之感。

《江雪》之崇高，不仅在于其塑造的雪景，更重要的是整个画面其实是诗人心中的愿景。在柳氏的一生中并未经历江雪中描绘的大雪之景，本诗作于其被流放在永州期间，江雪中的孤寂与高寒之感是对作者心中感受的直接描述。孤舟中的钓翁也正是作者自己，在一片不被欣赏的寒绝之境，仍像姜太公一样，坚守内心，也期待能在这样肃杀的境况下仍能“钓”到明君正主。

画毕，坐于画前，其实任谁心中都有这一片大荒之景，人鸟俱被驱逐，唯有自己独坐江上，享受这雪落茫茫的一片纯净。

溪居

柳宗元

久为簪组累，
幸此南夷谪。
闲依农圃邻，
偶似山林客。
晓耕翻露草，
夜榜响溪石。
来往不逢人，
长歌楚天碧。

久被官职束缚不得自由，幸好被贬谪到南方少数民族地区。闲静无事，比邻的是农家的菜圃，像个农民，有时则像一个山林中的隐士。早晨耕田，翻锄带着露水的野草，夜晚归来，伴着水激溪石的声响。来来往往，碰不到庸常俗气之人，放声长歌，朝向那一片碧绿的天空。

依清溪而居历来是诗人们向往的生活，溪水尽日流淌，涤荡人世繁杂。“桃花尽日随流水，洞在清溪何处边。”桃花源在溪水发源处，诗人裴度借溪居逃离官场，杜甫一生中最幸福快乐的时光也是在浣花溪畔度过。柳宗元被贬谪至永州后，偶然发现秀美的冉溪，于是就在冉溪边一风景秀美处筑屋居住并将其更名为愚溪，写下诸多与愚溪相关的诗篇，《溪居》即为其中一首。“久为簪组束，幸此南夷谪。”在朝廷中多年的官宦生活确实很受累，到南方也确实是被贬而来，然而时间长了，反而觉得是一大幸事。“闲依农圃邻，偶似山林客。”本为朝中大臣，此时却有时作为农人，有时作为林人，生活闲散简单。“晓耕翻露草，夜榜响溪石。”清早带着露水去锄草，夜晚归来与溪水的石头为伴，这是真正的在大自然中的生活。“来往不逢人，长歌楚天碧。”来往不逢人，也确实很寂寞，但也有“红尘飘不到，时有水禽啼”之感。虽然诗人向往的是“谈笑有鸿儒，往来无白丁”，但在这山林中，虽无鸿儒相伴，却也没有红尘打扰，颇为清净。放生高歌，声音在空谷碧天

中回响。也有一些感情要抒发，只是并没有观众。

清人沈德潜在《唐诗别裁集》中说道：“愚溪困厄之境，发清夷澹泊之音，不怨怨，怨而不怨。”此语得画者意。人之想法总是矛盾的，很难用一种情绪来形容。中年被贬，总归不甘心，但如若仅凭“来往不逢人，长歌楚天碧”来判断诗人以贬谪的不幸为幸只是反语，倒也太过简单。如沈德潜所言，柳氏既无“怨”，又无“不怨”，既来之，则安之。若非要把南夷之谪看作因祸得福，倒也太过刻意，若非纠缠于不得志之苦楚，倒也难为自己。索性享受农人林人之幽，感受无人之孤，不加评价，倒是最好。只是画者，无朝堂之累，无贬谪之枯寂，只描画溪居，冀有一天享受这“晓耕翻露草，夜榜响溪石”的天趣。

初发扬子寄元大校书

韦应物

凄凄去亲爱，
泛泛入烟雾。
归棹洛阳人，
残钟广陵树。
今朝此为别，
何处还相遇。
世事波上舟，
沿洄安得住。

悲伤地离开了相亲相爱的朋友，行船飘荡，缓缓驶入茫茫的烟雾之中，归去的小船上载着的是去洛阳的诗人，晓钟残音还不时从广陵的树林中传来。今日在此依依作别，不知道何时何地我们还能再次相逢，人情世事犹如水上的小船，顺流洄旋怎能停得住？

“安史之乱”改变了“在场”所有文人的命运，世家之子韦应物由此放下了豪纵不羁、横行乡里的自己。（韦应物《逢杨开府》：“少事武皇帝，无赖恃恩私。身作里中横，家藏亡命儿。朝持樗蒲局，暮窃东邻姬。司隶不敢捕，立在白玉墀。骊山风雪夜，长杨羽猎时。一字都不识，饮酒肆顽痴。”）立志读书，少食寡欲，常“焚香扫地而坐”。由此学养渐深，也被朝廷继续任用。（韦应物《逢杨开府》：“武皇升仙去，憔悴被人欺。读书事已晚，把笔学题诗。两府始收迹，南宫谬见推。非才果不容，出守抚惸嫠。”）本诗就写于安史之乱后，公元763年他被任命为洛阳丞，在乘船离开广陵赴任洛阳的途中而写。

韦应物一生的诗作中有很多送别诗，因“安史之乱”而成熟起来的他对离别格外敏感。《初发扬子寄元大校书》就是分别时写给好友元大的诗。“凄凄去亲爱，泛泛入烟雾。归棹洛阳人，残钟广陵树。”在弥漫的烟雾中，诗人登上了离开广陵去洛阳的船，周围的一切使分别的情绪格外凄楚。友人与己情意深重，虽然不舍，终于还是随着船的行驶身影渐渐消失，回望广陵

城，只有寺庙里隐约的钟声从朦胧的烟树中传来。“今朝此为别，何处还相遇。世事波上舟，沿洄安得住。”离别之情不可堪，是因为后会之期难测，不知何时何地再能相见。可每个人的人生往往都是不能由自己做主，顺境逆境循环往复不停息。

“凄凄去亲爱，泛泛入烟雾。归棹洛阳人，残钟广陵树。”《唐诗别裁》评此语：“虽不着情语，却处处透出依依惜别之情，可谓情景交融，含蓄不尽。”远望画，离别之凄切，也得从围绕着广陵树的烟雾看起。不知广陵放棹人，伤怀何以当。

长安遇冯著

韦应物

客从东方来，
衣上灞陵雨。
问客何为来，
采山因买斧。
冥冥花正开，
飏飏燕新乳。
昨别今已春，
鬓丝生几缕。

客人从东边过来，衣服上还带着灞陵的雨。问客人为什么要来，他说为了上山砍伐树木来买斧头。不知不觉中百花开得灿烂，轻盈的燕子正在哺乳新雏。去年一别如今又到了春天，两鬓白发又长出了几根呢？

冯著是韦应物的朋友，是一位有才有德的名士，先在家乡隐居，安守清贫，后到长安，虽结交一些文人雅士，但仕途始终不如意。后来应广州刺史李勉之邀入幕为录事，十年过去也未获官职，便返回长安。（韦应物诗《赠冯著》："契阔仕两京，念子亦飘蓬。方来属追往，十载事不同。"）有这样的经历，失意是不可避免的，韦应物此诗便是写来开导他的。

灞陵在长安东郊，是隐逸之地。"客从东方来，衣上灞陵雨。"是看到冯著，还是一派名士兼隐士的风度，一定是从长安的东边来的，看看身上仿佛还挂着灞陵地区脱俗的雨水。这里衣服是被清新的雨水打湿，而不是李端《客行赠冯著》中的被泪打湿。（"旅行虽别路，日暮各思归。欲下今朝泪，知君亦湿衣。"）

"问客何为来，采山因买斧。""采山"源于左思《吴都赋》："煮海为盐，采山铸钱。"谓入山采铜以铸钱。"买斧"化用《易经·旅卦》："旅于处，得其资斧，我心不快。""采山"是做了一个比喻，说冯来长安是为采铜铸钱以谋发财的，但只得到一片荆棘，还得买斧斫除，其寓意即谋仕不遇。

“冥冥花正开，飏飏燕新乳。”“昨别今已春，鬓丝生几缕。”诗人让冯著看看周围，在失意中，不知不觉，繁华渐次开放，而在春风中轻快地飞舞的燕子也哺育了雏燕。大自然仍然是生机勃勃，充满了向上的能量。我们分别的日子就像还在昨天一样，如今已经是春天了，你的鬓发并没有白几缕，其实就像这盛开的花朵和新燕一样，盛年未逾，仍有美好的前途。

全诗寓情于景，诙谐风趣，清新自然。虽然是在劝说自己的朋友，但全天下的失意人仿佛都能得到宽慰。春天总是不知不觉地到来，环顾四周总能看到兀自盛开散发着芬芳的花朵、绕树前后的燕子，就连失意人也会身上带着清新的雨，耳旁只留青黑色的发。望往来读画者，在画中亦能感到吹面不寒的春风。

滁州西涧

韦应物

独怜幽草涧边生，
上有黄鹂深树鸣。
春潮带雨晚来急，
野渡无人舟自横。

最是喜爱山间小溪旁幽谷中的野草，还有那在树丛深处婉转啼鸣的黄鹂。傍晚时分，水面潮涌，春雨淅沥，水势愈见湍急，荒野外的渡口空无一人，只有一只小船恣意横漂在水面。

公元781年韦应物任滁州刺史时作此诗。韦应物性情高洁，喜欢清幽的景色，滁州城西郊野是他经常去赏玩的地方，从诗中描绘的场景我们大概能够明白，此处吸引诗人的原因正是其孤野自守之态。

“独怜幽草涧边生，上有黄鹂深树鸣。”胜春的群芳争艳是美的，而在此诗人更加欣赏无花之美。像王安石写过“绿阴幽草胜花时”，就描绘了类似的景色。山谷间小溪，水汽清冷，萋萋青草穿插而生，即便有黄鹂之音，也是在树林深处悠悠传来，不像在耳边般青翠震耳。幽草、深树和远远传来的黄鹂声铺开了一个寂寞独怜的景象。这景象虽然孤绝，却充满了动感。“春潮带雨晚来急，野渡无人舟自横。”到了傍晚时分，春潮涌动，好似把天上的雨也带了下来，而雨势又增加了潮水增长，水势愈发急迫。冲到了荒凉的渡口，无人照看的小船就随着水流横行而出。

旧注以为这首诗有政治寄托，说是写“君子在下，小人在上之象”，蕴含一种不在其位、不得其用的无可奈何之忧伤。其他人认为“此偶赋西涧之景，不必有所托意”。作为画者并不愿意加入过多穿凿附会的想法。本诗打动人之

处在其浓郁的诗意。就像黄叔灿在《唐诗笺注》所评："闲淡心胸，方能领略此野趣。所难尤在此种笔墨，分明是一幅画图。"画者深以为意。幽静之所常有，诗中的野趣不常得。诗人恬淡中略带忧伤，并不与世俗同流。然而诗人的孤绝并非死气沉沉的与世隔绝，而是自带有一种蓬勃的生机。山间河口水势大，冲击得小船兀自横贯而出，丝毫没有在人摆弄之下的规矩，随意漂流。这期间天然的野趣自得。

诗已至此，如何能让画中荒津野渡流露出如其诗般浓厚的画意，颇费心思。

秋夜寄丘二十二员外

韦应物

怀君属秋夜，
散步咏凉天。
空山松子落，
幽人应未眠。

在这样一个深秋的夜晚怀念你，慢慢踱步，慨叹这寒凉的霜天。料想此刻空山里的松子也要掉落了，而幽居的故人你一定还未安眠。

孙望《韦应物事迹考述》记载，韦应物于公元789年至公元791年任苏州刺史，在这期间，他与丘丹即诗中丘二十二员外交往较为频繁。邱丹是诗人丘为的弟弟。曾任诸暨县令、仓部员外郎、户部员外郎等官职，《全唐诗》中收丘丹诗十一首，其中有五首为奉和韦应物之作。韦应物死后的墓志铭也是丘丹所写，他们之间的关系之亲密，可见一斑。本诗即后来丘丹在杭州临平山学道时，韦应物思念而写。

韦应物在苏州期间算是他人生中稍微惬意的时光，生活优裕，心情闲适，任满罢职后，他就寄住在苏州的永定寺里，心态较为轻松，从本诗就能看出。“怀君属秋夜，散步咏凉天。”在一个凉秋之夜，诗人思念远方的朋友，于是出来散步，感受深秋的凉意。此时诗人的思绪又到了朋友的身边。幽静的空山之中，连松子掉落的声音都能听到，而朋友你，应该也是因为思念而没有入睡吧。

丘丹学道的临平山非常美丽，宋朝的释道潜就在《临平道中》写道：“风蒲猎猎弄轻柔，欲立蜻蜓不自由。五月临平山下路，藕花无数满汀洲。”而在在临平山学道的丘丹也有《和韦使君秋夜见寄》，实际上也是韦诗《秋夜寄丘二十二员外》的和作：“露滴梧叶鸣，秋风桂花

发。中有学仙侣，吹箫弄山月。”由此可见临平山的美丽是一种热闹的美，是充满了香气和音乐的动感美。而在韦应物的想象中，临平山是“空山”，连松子落下的声音都能听到。而空山中存在的唯一景物，就是与道教不能分离的结了松子的松树。整首诗透着难以言说的古雅清淡，虽然是对远方朋友的想念，也能反映出韦应物自己的心境。

未着笔前画笔被临平山吸引，下笔之后，却越发想要描绘韦应物的心中的愿景，一个有着秋夜、凉天、空山、松树的地方，还有一个想念远方朋友的“幽人”。

佳人

杜甫

绝代有佳人，
幽居在空谷。
自云良家女，
零落依草木。
关中昔丧乱，
兄弟遭杀戮。
官高何足论，
不得收骨肉。
世情恶衰歇，
万事随转烛。
夫婿轻薄儿，
新人美如玉。
合昏尚知时，
鸳鸯不独宿。
但见新人笑，
那闻旧人哭。
在山泉水清，
出山泉水浊。
侍婢卖珠回，
牵萝补茅屋。
摘花不插发，
采柏动盈掬。
天寒翠袖薄，
日暮倚修竹。

一位举世无双的美丽女子，孤独地隐居在深山野谷。她说她本来是一个清白人家的女子，如今落得零落漂泊与草木共处。事情起源于那长安丧乱之时，家中兄弟惨遭杀害。这样的世道居高位又有什么用呢，最后还不是连自己的亲人尸骨都不能收葬。世间人情本来就是趋炎附势，墙倒众人推，所有的事情都像那随风摆动的烛光一样，倏忽明灭。我的夫婿本来就是一个轻薄的浪荡子，娶了一个新的媳妇美得如玉石一般。植物如合欢花都懂得开合有时，动物如鸳鸯都知道双宿双栖。我的丈夫却只知道与新人调笑，哪里管得我这个老妻悲伤痛哭。在山里面泉水就清澈单纯，流到山外泉水就变得和人情世故一样污浊。侍女变卖首饰刚刚回来，又拿起藤萝修补那破漏的茅屋。摘来的鲜花并不用来插头发做装饰，倒是采来的柏树枝条动辄一大把。天气寒冷，衣衫还是很单薄，一天到头来在日落时分倚靠长长的青竹神伤。

全文通篇描写佳人，可佳人实为杜甫自己。杜甫出身名将之家，祖父杜审言虽官位一般，但诗才甚高。杜甫聪明早慧，所谓“七龄思即壮，开口咏凤凰”。少年时翰墨场上得声誉，又经历一段斗志昂扬的游历时光，此时恰逢开元盛世，经济繁荣，国力强盛，政治清明。玄宗初期，杜甫干谒于京城显贵，“朝扣富儿门，暮随肥马尘”，汲汲于仕途，但功业无成，好在杜甫还算年轻，不得志生活总也过得去。

“安史之乱”是重大的转折点，佳人的娘家衰败，夫婿开始欺凌她，而杜甫也丢失了好不容易谋得的小官，后来投奔肃宗，在“百僚底”之位也没做多久就弃官而去。《佳人》写于公元759年，正是杜甫离官漂泊于西南伊始，对佳人品德的描述也正是杜甫对自己理想的表达。茅屋需修补，薄袖抵秋寒，卖珠以度日，采柏以果腹，首不加饰，发不插花，天寒日暮之际，倚修竹临风。庙堂无门，只得退居山林，境况凄凉，但也总算能坚持自己高洁的品格。

清人黄生说：“偶有此人，有此事，适切放臣之感，故作此诗。”是也。

画者着墨，只见一高洁女子与竹相映。感怀也。

天末怀李白

杜甫

凉风起天末，
君子意如何。
鸿雁几时到，
江湖秋水多。
文章憎命达，
魑魅喜人过。
应共冤魂语，
投诗赠汨罗。

天边刮起凄凄的凉风，不知此时你心情怎样。鸿雁啊，何时能捎来你的音讯，江湖啊，总有不平的风浪。有才之人往往薄命遭嫉，像鬼一般的坏人总喜欢别人犯错。相信你与屈原会心意相通，把你的诗歌投入到汨罗江跟他诉说。

杜甫与李白，一见便难忘。杜甫一生中写给李白数十首诗，到秦州后听到李白被流放的消息，更是思念不已。《天末怀李白》就是在这个时期写成的，同一时期还有《梦李白二首》《寄李白十二白十二韵》等。

李白因永王之罪被流放至夜郎，行至巫山被赦免，而此时杜甫尚不知李白已遇赦，还以为他在流放途中，于是设想他正走在长江经过洞庭湖一带的情景。“鸿雁几时到，江湖秋水多。”正是对此设想的体现。《网师园唐诗笺》评：“鸿雁”四句，《骚》经之遗，而后面隐喻到屈原也正体现了此意。鸿雁无信，朋友间山长水远，音信难同。流落江湖中，只有秋水无限，“楚天实多恨之乡，秋水乃怀人之物”（李慈铭）。

值得一提的是，“魑魅喜人过”一句，多解释为鬼怪正欢喜有人经过做食物。但根据对偶的原则，“憎”对“喜”，“命”对“人”，“达”对“过”，因此画者认为合适的解释应该是：那些坏人，如魑魅魍魉一般，伺机等人犯错以进谗言。高步瀛引邵长蘅评：“一憎一喜，遂令文人无置身地。”其实“文章憎命达”，也正是诗

人自己的人生体验。正如白居易《读李杜诗集因题卷后》中所言:“翰林江左日,员外剑南时。”与李白同不见容于当世的,除了屈原,更还有杜公自己。唐朝诗人常互相写诗唱和,虽李白不曾回复一诗,杜甫仍然不停向李白表白,似乎并不需要李白的回复。世间的一切,不论人还是物,都只是杜甫自己情感和思想的投射,杜甫是借对外在事物的描述抒发自己。所以不论对方是否有回应,都不重要,重要的是杜甫能表达自己,也即“水流心不竞,云在意俱迟”。

念此,画者提笔,欣欣然画下心中李白的形象,每每看去,也暗求能与二位诗人心意相通。

蜀相

杜甫

丞相祠堂何处寻，
锦官城外柏森森。
映阶碧草自春色，
隔叶黄鹂空好音。
三顾频烦天下计，
两朝开济老臣心。
出师未捷身先死，
长使英雄泪满襟。

诸葛丞相的祠堂去哪里寻找？在锦官城外，翠柏长得郁郁苍苍的地方。碧绿的芳草映衬着荒弃的石阶，一片春光枉自明媚。树叶茂密，黄鹂藏在其中婉转鸣啼，白白有一副好歌喉，并无人欣赏。当年先主三顾茅庐，向您求教定国安邦的大计，您辅佐先主开国，又扶助后主继业，凭借的是一片拳拳的忠心。您率兵出战，大业未成就逝去，让后来的英雄们不胜唏嘘，泪沾衣襟。

唐肃宗乾元二年（759）杜甫结束了多年颠沛流离的生活，定居在浣花溪畔，第二年到成都南郊诸葛武侯祠，写下本诗。半生汲汲于仕途的杜甫在四十四岁那年才谋得一个小官职，不到两个月就遇到“安史之乱”，随后投奔肃宗路上又被叛军劫持，好不容易逃脱后终于如愿见到肃宗并被授予左拾遗官，结果不到半个月又因为上疏救房琯被贬，最终抛弃这难为之官，下决心弃官而去。此时失望的杜甫最为心意相通的人莫过于诸葛亮，同样抱有成就大业之心，同样事与愿违。所以自然想要探寻诸葛祠堂，前往造访。“丞相祠堂何处寻”，丞相祠堂就是诸葛武侯祠，在成都市的南郊。成都是三国时期蜀国的都城，诸葛亮在这里主持国政二十余年，主要功绩都是在此立下的，武侯祠前有大柏树，相传是诸葛亮亲手栽种的，所以有“锦官城外柏森森”。王安石说：“三、四止咏武侯庙，而托意在其中。”画者认为其实从第二句就

蜀相

已经止咏武侯庙了。“映阶碧草自春色，隔叶黄鹂空好音。”表面为咏颂武侯，更确切的是在描述自己。春色正好，满阶皆绿，黄鹂脆鸣，这一切都无人欣赏，诗人自己空有抱负而无处施展。最后致使“出师未捷身先死，长使英雄泪满襟”，诸葛武侯六出祁山未果，病逝军中，唐代永贞革新首领王叔文、宋代抗金民族英雄宗泽等人在事业失败时都愤然诵此二语，可见此句道出千古失意英雄的同感。这也正如杜甫在《古柏行》中所描述的：“志士幽人莫怨嗟，古来材大难为用。”

而造成这一切的原因是什么？杜甫在巴蜀地区寻访过多处诸葛亮的遗迹，其诗正代表了他对皇帝幻想的破灭：“凄其望吕葛，不复梦周孔。”在《古柏行》中，也有“君臣已与时际会，树木犹为人爱惜”，可见杜甫对明君的渴望。“三顾频烦天下计，两朝开济老臣心。”可见只有君有诚，臣忠心，才能君臣际会，成就伟业，使“大材有之用”。

画毕，画者也不由感怀蜀相和杜公之遭遇。待到亲临丞相祠堂时想必又是一番唏嘘。

茅屋为秋风所破歌

杜甫

八月秋高风怒号，卷我屋上三重茅，茅飞渡江洒江郊。高者挂罥长林梢，下者飘转沉塘坳。南村群童欺我老无力，忍能对面为盗贼。公然抱茅入竹去，唇焦口燥呼不得，归来倚杖自叹息。

俄顷风定云墨色，秋天漠漠向昏黑。布衾多年冷似铁，娇儿恶卧踏里裂。床头屋漏无干处，雨脚如麻未断绝。自经丧乱少睡眠，长夜沾湿何由彻！

安得广厦千万间，大庇天下寒士俱欢颜，风雨不动安如山。呜呼！何时眼前突兀见此屋，吾庐独破受冻死亦足！

八月秋深，狂风怒号，卷走了我屋顶上好几层茅草。茅草乱起，飞过浣花溪，散乱在对岸江边。飞得高的茅草缠绕在高高的树梢上，飞得低的茅草飘飘转转沉到了低低的池塘洼地里。南村的一群儿童欺负我年老体弱，无力反抗，竟然忍心当着我的面做贼抢东西。肆无忌惮地抱着我的茅草跑进了竹林里去了，我嘴唇干燥喝止不住，只能回来拄着拐杖独自叹息。

不一会风停了，云朵像墨一样黑，深秋的天空，阴沉迷蒙，渐渐黑了下来。盖了多年的被像铁板一样，又冷又硬，小儿子又睡姿不好，把被给蹬破了。床头部分屋顶漏水，没有一处是干燥的，床脚部分雨就像麻线一样不断往下掉。自从安史之乱之后，我的睡眠一向很少，长夜漫漫，屋漏床湿，如何能挨到天亮。

怎样能够得到千万间宽敞高大的房子，把天下所有的贫寒读书人都庇护起来，让他们都能开颜欢笑，这样坚固的房子，即便是在风雨之中也安稳如山。哎，什么时候能看到这样高耸的房屋，就是独我一人被秋风扫去茅屋，贫苦受冻而死也心甘情愿啊。

杜甫应是诸多诗人中最为宅心仁厚的一个。狂风卷走屋顶，乃天灾，孩童抱走茅草，则是人祸，在这样的天灾人祸面前，仍能发出“安得广厦千万间，大庇天下寒士俱欢颜，风雨不动安如山”的感叹，是当真的仁心。白居易受其感召，写出“争得大裘长万丈，与君都盖洛

阳城”（《新制绫袄成感而有咏》），“安得千里裘，盖裹四周垠。稳暖皆如我，天下无寒人”（《新制布裘》）。如果说年轻时候汲汲于功名的杜甫有孔子儒家之入世的心态，后期安稳于草堂的杜甫在诗中偶有透出一丝丝禅心，贯穿杜甫一生的则是孟子的仁爱之心，想必这也正是杜甫被封圣的原因。

王安石在《杜甫画像》中写道：“宁令吾庐独破受冻死，不忍四海赤子寒。伤屯悼屈止一身，嗟时之人死所羞。所以见公像，再拜涕泗流。惟公之心古亦少，愿起公死从之游。”其中的“惟公之心”指的就是杜甫之仁心。不论自己处于何种饥寒交困之境，他想到的永远是天下与民生。这种以一己之身承担天下苦难的精神也正是“古圣之心”。

杜甫在《凤凰台》中讲道："血以当醴泉，岂徒比清流。所贵王者瑞，敢辞微命休。"对天下苍生，杜甫期待自己如国家祥瑞之凤凰，哪怕抛洒鲜血，拔除羽毛，也心肝情愿。

可是当我们读到他晚期的诗歌，却每每感到他像一只杜鹃，啼血着，为国家哭号到老。感伤到此，急就本图，画中徒有一野老做其穷途之哭。

客至

杜甫

舍南舍北皆春水，
但见群鸥日日来。
花径不曾缘客扫，
蓬门今始为君开。
盘飧市远无兼味，
樽酒家贫只旧醅。
肯与邻翁相对饮，
隔篱呼取尽余杯。

草堂的前后涨满春水，每天都有一群群的沙鸥飞来。庭院里的小路长满了花草，却从没有为了迎接客人而打扫，而今天，我家简陋的柴门终于因为您的到来而打开。集市太远，盘中的菜肴很简单，家境贫寒，杯中只有隔年的陈酒。如果您愿意和邻居家的老翁一起对饮，那我就隔着篱笆把他叫来，把余下的酒一同饮尽。

这首诗是杜甫在历尽颠沛流离定居成都草堂而作，而前一年诗人刚作《宾至》一首，同样都是在草堂接待朋友，两首诗有一定相似之处。《客至》里面讲的是很少有人来拜访，而《宾至》里就有“幽栖地僻经过少”，我栖身之所很偏僻，少有人来。关于饭菜，一向简陋，《宾至》说到“百年粗粝腐儒餐”，我这老朽的腐儒只能用粗茶淡饭来招待，“野外无供给”，这荒郊野外的也没有好酒好菜。可见，一年过去了，作《客至》之时杜甫的境遇也没有多大提高。经济状况虽然依然不好，诗人的心情确是大有不同。在《宾至》里，杜甫讲到“老病人扶再拜难”，可见身体不好，“岂有文章惊海内？”可见对客人诚惶诚恐，“漫劳车马驻江干”，客人停车在江边也很委屈，“竟日淹留佳客坐”，坐在这茅草屋一整天也很算待客不周。而这一切在《客至》里都变得不一样，江边的春水绕着草堂，都能引得沙鸥每天来参观，虽然打开的是蓬门，却能让客人走在开满花的小径上，以前的客人

“乘兴还来看药栏”，是靠着兴致才愿意继续来探望，而现在的客人这次来喝“旧醅”都意犹未尽，还有可能想把邻居叫来一起畅饮。前后诗句对比读来，可见经过一年修葺，草堂已经可以待客了，而诗人也调整得不错，心情大好。草堂中的生活，也是“清江一曲抱村流”“相亲相近水中鸥”，与江水和沙鸥为伴，再结合杜甫这个时期的其他诗歌，不禁叹息，可惜命运没有给杜甫太多好的日子，不然他笔下的莺啼花转、庭草交翠的景色还能给我们更多的呈现。

而现在画者能做的，也就是手中的画笔尽可能地展现这种轻松与快意吧。

江畔独步寻花（之六）

杜甫

黄四娘家花满蹊，
千朵万朵压枝低。
留连戏蝶时时舞，
自在娇莺恰恰啼。

黄四娘家花儿满溢了整个小路，万千花朵压弯了枝条。眷恋芬芳，彩蝶嬉戏时时飞舞，自由自在，娇小黄莺欢快啼叫。

公元759年底杜甫带全家寄寓在成都浣花溪畔的草堂寺，两年后，成都草堂建成，杜甫暂时有了安身的处所。虽然生活仍然拮据，但由于远离战场，环境安定，热爱生活的杜甫已经很满意了，更是写下诗句"但有故人供禄米，微躯此外更何求"（《江村》）。心情缓和的杜甫此时涌现了不少描述生活之美的诗句，形式上以七绝组诗为主，这样的诗歌被称为草堂诗。草堂诗描述了日常闲兴的小情怀，内容主要是邻里来往，伤春悲秋，探景游玩。江畔独步寻花就是杜甫在一个春暖花开、心情轻松愉悦之时写成。

如果说杜诗有时呈现了一副画面感十足的静态景象，这一组江畔寻花则描述了一次动态的寻花之旅：

一日我被江边春花惹得烦恼，无法抒发这种心情，我只能到处走走。来到南边的邻居家寻找酒友，没想到他出去饮酒十天没有回家，床都空了。乱蕊花团锦簇在江边，害怕春天的热情的我脚步歪斜，好在诗和酒还能听我派遣，让我这个白发人不需麻烦别人安排。江水深处的岸边竹林静谧，那里住着两三户人家，爱招人的红花与白花相映衬，我自然知道应该去哪里报答春的盛意，而我的年华流逝也应由美酒

琼浆来陪伴。向东望，少城那里鲜花开遍如烟一般，群芳绕高楼，更惹人爱怜。谁能找我去推杯换盏畅饮美酒，让美人在我们的盛席华筵上翩翩起舞。行至江水东岸黄师塔前，春光下春风里的我又困又懒，不知谁家的一簇桃花兀自开放，我该爱深红的那朵还是浅红的呢？不知不觉我又来到黄四娘家，她家门口的小路都被花占据了，千朵万朵的花压弯了枝条，花间彩蝶时时舞蹈，流连忘返，园中黄莺不停歌唱，自由自在。要不是因为爱着花，真想现在就去死，可是花开到尽头也依然得面临自己的老境，花开得太绚烂容易纷纷掉落，刚刚绽放的花蕊啊，请你们商量着慢慢开放。

江畔独步寻花组诗展现了杜甫难得的轻快情绪，让我们在沉郁顿挫中得到一丝喘息，同时构思新巧，有着别人笔下没有的逸趣。其中以“黄四娘家”最热闹，繁花、蝶舞、莺歌，塑造了一个充满了活泼生机的小世界，春光满溢，同时“恰恰”“时时”叠字的使用又给诗句附上了乐感，好像我们也能听到娇莺的歌唱一般。所以本诗虽浅俗，却胜在天趣。宋苏轼作书常写本诗：“此诗虽不甚佳，可以见子美清狂野逸之态，故仆喜书之。”（《东坡题跋》）

故吾也常画之。

登楼

杜甫

花近高楼伤客心，
万方多难此登临。
锦江春色来天地，
玉垒浮云变古今。
北极朝廷终不改，
西山寇盗莫相侵。
可怜后主还祠庙，
日暮聊为梁甫吟。

高楼耸立，繁花靠近，客居异乡的我触目伤心，四处沦陷，国家多灾多难之际我登上此楼。锦江两岸充满生机的春色充满每一分天地，古往今来玉垒山上的浮云风云变幻，捉摸不定。大唐朝廷就像北极星一样不可动摇，吐蕃最好认清这个现实不要来侵犯。可叹的是蜀后主刘禅那样的昏君，仍然在祠庙中享受祭祀，黄昏时分，我也姑且像孔明那样吟诵《梁甫吟》。

本诗作于唐代宗广德二年（764）春，题为“登楼”，步步写登楼时的心事。“安史之乱”平息之后，短暂的安稳被吐蕃攻陷长安所打破，不久郭子仪收复京师，代宗复回其位，年底吐蕃又攻陷四川、剑南、西山。同年，严武第二次被任命为成都尹兼剑南节度使，虽然杜甫之前在严武之下的工作并不愉快，可总算能回到杜甫草堂，也算有个落脚之处，他也便从阆中回到成都。

诗人登楼凭眺，有感而作此诗。

首联开篇便为整首诗奠定愁苦的基调，倒装的语序给人一种寓哀愁于美景之中的感觉，花团锦簇反而让人更加伤心，让人不禁想起“感时花溅泪，恨别鸟惊心”。杜甫为造势高手，短短一句诗就营造了一种丰富的景象。

颔联更是“俯视宏阔，气笼宇宙”（《杜臆》），一句话体现了杜甫的时空观照，在他的胸怀里不仅是天地的空间概念，还有古今的时间概念，囊括时空，笔力雄壮。“春色”对应

“花”，玉垒浮云对应“万方多难”，是对第一句的进一步承接。

颈联描述了诗人对未来的信念，朝廷就像北辰（《论语·为政》：“为政以德，譬如北辰，居其所而众星拱之。”）一样岿然不动，西山来的吐蕃也不要再侵扰。之前的玉垒山，也是吐蕃进犯必经之地。

尾联则是喻古讽今，后主刘禅宠信宦官终致亡国，竟也和诸葛武侯一样，歆享祠庙和后人香火，借此讽刺当代君主唐代宗李豫。李豫重用宦官造成国事维艰、吐蕃入侵的局面，然而郭子仪收复京师后仍能重新复位。而诗人只能空怀一腔报国之心，靠吟诵诸葛武侯的《梁甫吟》来度日。

第一句高屋建瓴，此后句句递进，由景入事再入情，同时每联前半句都相互对应，后半句互为解释，层层生发，结构上纵横交错，可为大师矣。画者也从中受到不少启发，既要把时间与空间的结构重叠入画，又要把内在悲怆与表面繁华呼应成景，真是文字笔墨皆为语言啊。

宿府

杜甫

清秋幕府井梧寒，
独宿江城蜡炬残。
永夜角声悲自语，
中天月色好谁看？
风尘荏苒音书绝，
关塞萧条行路难。
已忍伶俜十年事，
强移栖息一枝安。

冷清的深秋季节，幕府中井边梧桐已带寒意，独自夜宿在府里的我，只有蜡烛残光为伴。漫漫长夜，号角悲壮，但也只是在自言自语。天空中月色很美，但是又有谁去看呢？战乱纷繁，光阴荏苒，亲人音信都已断绝，关塞一片萧条，寻找归路艰难。我已经忍受十年颠沛流离，把家安在这里不过是勉强栖身，暂求安稳。

“安史之乱”后，杜甫前往投奔肃宗，可中途被叛军所俘，解至长安，最后终于逃脱，饱受艰辛之后，终于“麻鞋见天子，衣袖露两肘”投奔至肃宗，被封了一个左拾遗官，当了不到半个月，就因上疏救房琯被贬，在华州司功参军任上也没什么前途，最终他也弃官而去，开始了他的流亡生涯。在这段奔波年月，杜甫经历了亲人联系不上，路途奔忙难行（风尘荏苒音书绝，关塞萧条行路难），吃尽苦头。辗转到代宗广德二年，他在成都得到节度使严武赏识，做了参谋。本诗正是此时写下，去“安史之乱”整整十载（“已忍伶俜十年事”）。

尽管也算有一官半职，杜甫此时依然无法如意。政见上与严武不合，工作中被僚属排挤（“晚将末契托年少，当面输心背面笑”[《莫相疑行》]），政治上不得志，经济上也窘迫。他在都城内的将军府上班，家在郊外的浣花溪畔，晚上回不了家，只能独自寄宿在幕府中，这一切都让他愁闷，在一个“寂寞梧桐深院锁清秋”的日子，《宿府》写就，所谓“多少心事，于无

聊中出之，字字沉郁。”（《唐宋诗醇》）。“角”亦是二十八星宿之一，与“月”相对，清冷之景立出，“悲”与“好”相对，顿挫之感立生。境由心出，杜甫之“好”心，却也无人相看相知。角自悲，月自好，杜甫之寂寞，也自己品尝。于是这幕府生活，在杜甫心中，也只不过是“强移栖息一枝安”，正如“鹪鹩巢于深林，不过一枝”，置身于深林中，占据的也只是一枝而已。于是第二年，杜甫便写下《遣闷奉呈严公二十韵》，辞幕归堂，结束了人生最后一段仕途生涯，最终这“偏安一枝”的日子，诗人也还是“拣尽寒枝不肯栖”。

画事中，常怀诗人之意于胸，深秋独宿幕府之凄凉，往往萦绕不去。

旅夜抒怀

杜甫

细草微风岸，
危樯独夜舟。
星垂平野阔，
月涌大江流。
名岂文章著，
官应老病休。
飘飘何所似，
天地一沙鸥。

岸边细草，缕缕微风，高耸桅杆，茕茕孤舟。远望星辰，从空中垂下，广袤平野，愈发宽阔，月光悠悠，流入江水，江水滔滔，奔腾不休。我名声虽著，应该也不是因为文章好，而撤职原因应该是因为又老又病吧。半生飘零，拿什么来比喻呢，不过有如这天地之间一只孤飞的沙鸥罢了。

浣花草堂是杜甫最后的乐园。公元765年杜甫辞去严武的节度参谋的职务，尚且能在草堂容身，可是随后四月严武去世，他失去了庇护，开始了人生中最后一段颠沛流离的日子。诗人携一家老小离蜀而下，在岷江、长江一带漂流，这首诗就是杜甫舟行至渝州、忠州一带写下的。想当年鲜衣怒马之时，怎料得老境如此颓唐，在亘古不变的天地之间，自己的身影越发渺小。可能因为这段生活是与江水为伍，诗人常用孤舟、鸥鸟自比，命运已经完全不被自己掌握，不过是随波逐流罢了，可谓是字字皆泪、声声俱叹吧。

此诗读来自有画面，“星垂平野阔，月涌大江流”一句用来打底，细草、微风、沙鸥、孤舟、危樯用来做细节，自然烘托出诗人遗世独立的状态。其中“星垂平野阔，月涌大江流”常被用来与李白的“山随平野尽，江入大荒流”作比，在我看来，李白之语，不过豪壮，而杜之诗句，更多了意蕴，犹如莲叶接天，荷花映日，天地一体。又因“涌”字，韵律十足。

诗者如此，画者难继。如何能将杜诗中这点点意象表达出来，真是颇费心思。杜甫之诗，少有纯景，多有忧思。假使此诗只有前两句，虽气象万千，可也只是有形无神。所以后两句着实引出了此诗之魂。王夫之《姜斋诗话》说：“情景虽有在心在物之分，而景生情，情生景，互藏其宅。”报国之志郁郁不得，襟抱不舒，乃是杜甫一生之主题：“名岂文章著，官应老病休。”这是杜甫的自咎，可见杜甫即便一生怀才不遇，晚年之诗仍然充满生命力，实在是他过于自谦，把遭受到的不公不平归因于自身，不禁让人更对这位诗人充满佩服。

海边月夜，常想此诗，如能用画将之表达百分之一，也足慰我心矣。

八阵图

杜甫

功盖三分国，
名成八阵图。
江流石不转，
遗恨失吞吴。

诸葛亮盖世的功勋在于他对三分天下的判断、筹划与建立，八阵图更是让他声名远扬。任凭江水涨落，始终不变的是八阵图中的石头，遗恨的是刘备失策想吞掉吴国。

对于“失吞吴”的理解，见仁见智，有四说：以不能灭吴为恨，此旧说也；以先主之征吴为恨，此东坡说也；不能制主东行，而自以为恨，此《杜臆》、朱注说也；以不能用阵法而致吞吴失师，此刘逵之说也。(《杜诗详注》)

先主征吴，兵败夷陵，退至鱼腹，病终于八阵图所在的永安宫，此时的杜甫，半生仕途无果，颠沛流离至此，面对江边八阵图，背靠永安宫，自然感怀身世，与诸葛同病相怜。亮叹曰：“法孝直若在，则能制主上，令不东行；就复东行，必不倾危矣。”(《三国志》) 依亮此言，应该是对刘备执意吞吴抱有遗憾。题为八阵图，是为对诸葛亮的缅怀与赞赏。自然着意与诸葛相同。

此话借由东坡说出，便是：“人皆以为‘先主、武侯，皆欲与关羽复仇，故恨其不能灭吴’，非也。我本意谓吴、蜀唇齿之国，不当相图；晋之所以能取蜀者，以蜀有吞吴之意；此为恨耳。此理甚长。”(《东坡志林》)。

其实不论哪一说，均是对诸葛一世英明而大业未成的感慨。“石不转”，化用了《诗经》中的诗句“我心匪石，不可转也”，任其潮涨潮落，逝者如斯，借诸葛之恨表己之情，此恨绵

绵，杜甫之心如不转之石，矢志不渝。

画毕，时时静望，人只道磐石无转移，谁常感怀这世事不停迁？

登高

杜甫

风急天高猿啸哀，
渚清沙白鸟飞回。
无边落木萧萧下，
不尽长江滚滚来。
万里悲秋常作客，
百年多病独登台。
艰难苦恨繁霜鬓，
潦倒新停浊酒杯。

秋风紧，天空高远，猿嘶啸哀声切切，河洲清，白沙粗粝，群鸥至盘桓低回。无穷无尽的树叶纷纷落下，无休无止的长江滚滚涌来。悲对秋景，感慨万里漂泊常年为客，直面自身，惆怅年迈疾病缠身独上高台。一生艰难充满苦恨鬓发斑白，生活困顿潦倒病后停酒伤怀。

我国有农历九月九日登高的习俗，这首诗就是唐代宗大历二年（767）的重阳节时诗人登高抒怀之作。此时“安史之乱”已经结束，但地方军阀并起，社会仍然不定。杜甫在经历了并不愉快的几年幕府时光后因为失去依靠，只能离开成都的草堂，寓居在长江畔的夔州，此时的他患有严重的肺病，生活也很困顿。所以诗中对凄清的秋景的描写，正是诗人年迈多病、感时伤世和寄寓异乡悲苦的体现。

前两联用凝练的意象的粗粝堆积起来，塑造出一幅肃杀的秋景图。风之凄厉，猿之哀鸣，鸟之回旋，落叶不尽的掉落好像永远不能停止，长江滚滚流逝永远不能回头。当地有民谣描述：“巴东三峡巫峡长，猿鸣三声泪沾裳。”在哀伤的猿啼声中，诗人无法不联想到自己一生的遭遇。杜甫一辈子都在不得志中度过，奸臣当道，时局动荡，颠沛流离地度过一生，正如眼前之境，顺流而下，有去无回。

值得注意的是本诗是意象与节律的完美结合，前四句，风、天、猿、渚、沙、鸟、落木、长江，音节安排意象转换，劈头盖脸，歌行式

的对仗，有“建瓴走坂”之势，让读者无招架之力，强烈的动感给诗意图的创作以不少灵感，同时也提出不小的要求。后四句，诗人亲自登台，诗歌节奏缓和，却字字酸楚，悲、病，艰难、苦恨、繁、霜、鬓、潦倒，就连酒杯都是浊。如果说前四句主要是视觉的意象，后四句则是心灵的意象，无限凄凉之意溢于言外，让人读来也不禁“寂寂系舟双下泪”。明代胡应麟评曰：“‘风急天高’一章五十六，如海底珊瑚，瘦劲难明，深沉莫测，而力量万钧。通首章法，句法，字法，前无昔人，后无来学。微说说者，是杜诗，非唐诗耳。然此诗自当为古今七律第一，不必为唐人七言律第一也。”

野望

杜甫

西山白雪三城戍，
南浦清江万里桥。
海内风尘诸弟隔，
天涯涕泪一身遥。
唯将迟暮供多病，
未有涓埃答圣朝。
跨马出郊时极目，
不堪人事日萧条。

西山上的白雪皑皑，守卫三城重镇，南郊外的万里桥，横跨于锦江之上。四海之内战火不断，我们兄弟离散分隔，只剩我远在天涯涕泪涟涟。迟暮之年的我一身疾病，没有丝毫的功绩可以报答圣明的朝堂。骑马来到郊外极目远望，世事一天天萧条下去，让人悲伤怅惘。

“少陵野老吞声哭”，已入暮年的杜甫时时悲恸不已，为这慌乱的岁月，为这流离的亲友，为这报国无门的遗憾。入蜀第三个年头，一天杜甫跨马出郊外，远望，见西山白头，南浦纵横，雪与桥无言；回头，想民生凋敝，亲人分离，落寞人伤心；再思，恐韶华已逝，报国无门，弃庙人悲寂。凡此种种，触目伤怀，沉郁凄恻，萧条不堪。

杜甫一生求仕，并不为功名利禄，而是为难以释怀的家国情怀。元代方回在《瀛奎律髓》评价此诗格律高耸，意气悲壮，唐人无能及之者。无人能及不只是其文章的壮阔，实为杜甫忧时忧国的情怀。杜甫定居草堂的一段日子，是他人生中难得的安稳时光，可是人生现状无法让杜甫自我欺骗，享受这偏安一隅的宁静。自己贫病交加，兄弟杳无音讯，国家战乱不止。覆巢之下焉有完卵，在风卷残云般的战争面前，诗人是孤单无力的，他拥有的只有浩茫的心事和深广的忧愤，还有写不尽的诗篇。

而画者，远望着在成都郊外野望中的杜甫，思来想去，也只得“乾坤一草亭”。

西山白雪三城戍南浦
清江萬里橋海內
風塵諸弟隔天涯
涕淚一身遙惟將
遲暮供多病未
有涓埃答聖朝
跨馬出郊時極目
不堪人事日蕭條
杜甫野望詩意

咏怀古迹（其四）

杜甫

蜀主窥吴幸三峡，
崩年亦在永安宫。
翠华想象空山里，
玉殿虚无野寺中。
古庙杉松巢水鹤，
岁时伏腊走村翁。
武侯祠堂常邻近，
一体君臣祭祀同。

当年蜀主刘备谋攻东吴时曾到达三峡，他驾崩时也在白帝城的永安宫。想象着旌旗仍然在空山里飘扬，荒郊野寺中却难寻白玉殿的影踪。古庙旁，水鹤筑巢栖息在松杉树上，每逢三伏腊月就有前来祭祀的村民。诸葛武侯祠庙在附近常年与之为邻，生前他们君臣一体，死后他们一起被祭奠。

《咏怀古迹》五首，正如方东树在《昭昧詹言》所评："五首皆借古迹以见己怀，非专咏古迹也。"其一借庾信自喻，形容自己平生萧瑟，暮年以诗赋名世；其二借宋玉之宅，发萧条之悲；其三借昭君之怨，表忠心之意；其四咏先主之庙，献明君之心；其五借诸葛之赞，达献身之志。五首里，其四表达了杜甫期待的政治状态，即君臣一心、同治天下的理想，可以说诗中一切乃是杜甫向往，只是现实却事与愿违。

蜀主攻吴，为匡扶汉室，逝于永安，玄宗肃宗专宠失天下，"安史之乱"后无力招架，去国后回归长安。玄宗"旌旗无光"却还在，而蜀主翠华早无影，玄宗"归来池苑皆依旧"，而蜀主"玉殿虚无野寺中"。尽管这样，蜀主武侯的遗迹流泽还是深入翁村野老，庙前有村民岁时的祭祀痕迹。这正因"一体君臣"，先主武侯生前风云际会，民心安之，蜀国之败乃"运移汉祚终难复"，二人在历史中，还是因为君臣相契、同体一心而受后人的尊敬。相比李家王朝，君弱臣骄，人心涣散，民不聊生，实难再复。

本诗作于766年，暮年之杜甫虽时常在诗中流露出其“忘机”之心，不可避免地也开始总结自己的人生。王朝年代，儒生之“君君臣臣”的思想是根深蒂固的，杜甫经历投仕之不可得，效忠无门，老年也在颠沛流离中度过，此时看到蜀主之庙，不由自主地反思，也知道忠臣易获、明君难得的道理，同时连大名垂宇宙的诸葛武侯都尚且抱憾离世，杜甫生逢乱世，更无功业可建，唯诗名卓著，勉强可作自我安慰了。

诗人如此，吾辈又该如何审视自己的人生？唯有随着诗人描画古迹，以遣余怀。

乌衣巷

刘禹锡

朱雀桥边野草花，
乌衣巷口夕阳斜。
旧时王谢堂前燕，
飞入寻常百姓家。

朱雀桥边冷清荒芜，长满了野草野花，乌衣巷口断壁残垣夕阳斜挂。从前在王导、谢安大堂檐下筑巢的燕子，如今飞到了寻常百姓人家中。

《乌衣巷》是《金陵五题》中的一篇。尽管刘禹锡儿时在江南长大，他从来没有去过金陵，始终对这个六朝古都怀有憧憬。友人将自己写的五首咏金陵的诗给他看，他便应和五首。“余少为江南客，而未游秣陵，尝有遗恨。后为历阳守，跂而望之。适有客以《金陵五题》相示，逌尔生思，欻然有得。”（《金陵五题序》）乌衣巷是晋代王谢两家豪门大族的宅第，曾经门庭若市，冠盖往来，而如今，横跨秦淮河的朱雀桥边长满了野草闲花，高门士族聚集的乌衣巷口空挂夕阳。当然，“王气黯然收”之后的金陵只剩寂寥与惨淡，“万户千门成野草”，“高坐寂寥尘漠漠”。

“旧时王谢堂前燕，飞入寻常百姓家。”过去在乌衣巷檐下筑巢的飞燕，现在栖居的，已经是普通人家中了。野草花、夕阳都是固定景观，而燕子是过去带给乌衣巷活力的飞鸟。燕子的出现给了乌衣巷一些生机，打破了之前的死气沉沉，给人以希望，然而跟随着燕子，我们发现她们回到的王谢旧堂，已变为寻常百姓的人家。如果说植物对生长的环境毫无选择，“无情最是台城柳”，燕子，这种栖息旧巢的鸟儿，也见证了王谢之堂被寻常人家栖居，或者

说，王谢子弟沦落为普通人家的事实，空留“六朝如梦鸟空啼”。

《乌衣巷》展现了刘禹锡对这个曾经金粉浮动、光影飘摇的六朝古都所有的想象。朱雀桥和乌衣巷依然如故，业已被杂草覆盖，燕子恋旧，而人世变换。“叹金陵之废也。朱雀、乌衣，并佳丽之地，今唯野花夕阳，岂复有王、谢堂乎！不言王、谢堂为百姓家，而借言于燕，正诗人托兴玄妙处。后人以小说荒唐之言解之，便索然无味矣。”（唐汝询《唐诗解》）

刘禹锡作此诗已是唐朝后期，时局动荡，朝堂紊乱。经历二十多年的宦海沉浮，诗人不由得把金陵城的破败与现实联系起来。朝代兴亡，无一例外。

秋词

刘禹锡

自古逢秋悲寂寥，
我言秋日胜春朝。
晴空一鹤排云上，
便引诗情到碧霄。
山明水净夜来霜，
数树深红出浅黄。
试上高楼清入骨，
岂如春色嗾人狂。

自古以来文人墨客都悲叹秋天的寂寞萧条，我却说秋天其实远远胜过春天。秋高气爽，晴空万里，一只仙鹤扶摇而上飞到云端，把我的诗情也引到了云霄。

山体明朗水体清朗，夜晚开始降下白霜，一丛丛的树木已是色彩分明，有红有黄。试着登上高楼感受清冷，寒意深透入骨，不像春天的繁华使人浮躁发狂。

秋日萧索凄楚，万物肃杀，若一味沉沦，便无建树，刘禹锡的秋词，寓景言志，读来感觉哪里是诗人在秋中，而简直是秋意及秋意覆盖的天地都在诗人的胸怀之中。

秋日的山峦格外明朗，夏日的水汽退却，只留实在的山景，水流清澈，夜晚会下白霜。树木不再如夏季那样一片深绿，而是红黄相间，深浅交织，错落点染，层次丰富。有山有水，有树木，有彩叶。在这样一张秋景之中，一只仙鹤，扶摇而上，仙鹤载着诗人的诗情和想象起飞，直冲云霄，气势非凡。这首诗是诗人第一次被贬朗州时写的，未遭遇挫折之人被秋意感染尚且悲伤寂寥，而刘禹锡被贬却丝毫没有悲观消沉。感受到清冷之气入骨，却认为好过春色的浅薄浮躁，秋日爽朗，越发激起昂扬的斗志。登高的诗人，就像胸怀整个秋景一般，想要把诗情抒发至天上。可见诗人心胸之广博，自我的挫败完全不算数，只有自然和诗意值得关注。秋词中的诗情化为画意的关键字“排”

给这幅秋景带来了格外的动感，一字便展现“抟扶摇而上者九万里”的气概。

刘禹锡一向以其不流于俗、识见卓越而闻名。自古的俗套是“悲秋”，而他打破俗套，把秋的豁达与广阔展现出来，开启了“赞秋”。在挫折之中，不被秋气所影响，而是用人的气势启发秋的积极面，把观者带入到诗人磊落豁达的胸襟中，不禁慨叹，不论伤春悲秋，皆是人自己情绪的投射。打开心绪，便能逃脱自怜的沉沦，享受高阔悠远的心境。

竹枝词（之一）

刘禹锡

杨柳青青江水平，
闻郎江上唱歌声。
东边日出西边雨，
道是无晴却有晴。

杨柳青青，江水宽又平，听到江上有情郎的唱歌的声音。东边日出，西边下雨，说是没有天晴其实是晴天。

这首竹枝词是刘禹锡在长庆二年（822）至长庆四年（824）间被贬谪到夔州时所作。竹枝词共十一首，分为两组，本诗是《竹枝词二首》中的第一首，另外还有一组由九首组成。竹枝词是古代四川东部的一种民歌，用鼓和短笛伴奏，当地有赛歌的风俗。刘禹锡任夔州刺史时就非常喜爱这种民歌，他仿效屈原作《九歌》，采用当地民歌的曲谱，作《竹枝词》，多描写当地山水风俗和男女爱情，语言生动流畅，清新活泼，很有生活气息。

这一首便描写了青年男女的爱情，而采用竹枝词的形式格外有一种淳朴的质感。“杨柳青青江水平，闻郎江上唱歌声。”杨柳飘荡，树叶青翠，江水宽广，平静如面。一叶轻舟上，一位青年在歌唱。“东边日出西边雨，道是无晴却有晴。”东边太阳高悬，西边却细雨绵绵，究竟是晴天还是阴天？而青年唱和之歌，到底对我是无情还是有情？“晴”和“情”谐音，表面上在说天气的“有晴”或者“无晴”，其实在讨论情郎对自己是否爱慕。开始在岸边行走，心情飘忽不定，像杨柳一样，在听了江上歌声之后，就基本感受到了情郎对自己的心意，本以为是“无情”，其实是“有情”的，得到答案后心也安了下来。

文人作诗多用典，而竹枝词的美妙就在于有着浓郁的民间色彩，多数采用白描手法，在表达含蓄之意时，用谐音把一种微妙的感情细腻地表现出来。在内容上，多写眼前习见的景物，于平常中见不同，而不像传统文人用典作文，太过高深，反而缺乏平易近人的姿态。

诗有竹枝词类的民间诗风，画也有民间画风。吟唱竹枝词，画者也仿佛看着一位伊人，在水一方，心思绵密，却欲言又止。个中滋味，反而在这说与不说之间，全得之。

泊秦淮

杜牧

烟笼寒水月笼沙，
夜泊秦淮近酒家。
商女不知亡国恨，
隔江犹唱后庭花。

迷蒙的烟雾弥漫着萧索秋水，皓月的清辉洒在白色沙渚之上。入夜，我将小舟泊在秦淮河畔，靠近酒家的位置。金陵歌女似乎不知何为亡国之恨黍离之悲，在岸的另一边依然吟唱着亡国之乐《玉树后庭花》。

本诗作于杜牧由池州刺史赴睦州刺史经金陵时，即会昌六年（846）秋冬间。是夜，诗人将小船泊在秦淮河岸边，入眼乃是一幅凄楚的江上夜景。《而庵说唐诗》：“‘烟笼寒水’，水色碧，故云‘烟笼’。‘月笼沙’，沙色白，故云‘月笼’。”这两个“笼”字极为精妙，把碧色的水和白色的沙融合在一起，有意塑造出一种静谧荒芜之感，水月凄迷，无所依傍。

在这样安静的月色下，不时传来隔河的歌声，那是醉生梦死的士大夫在寻欢作乐所听的歌曲声。“商女”一称在刘禹锡《夜闻商人船中筝》有“扬州市里商人女，来占江西明月天”，陈寅恪先生说：“此商女当即扬州之歌女而在秦淮商人舟中者。”歌女自然不懂家国大事，可懂却依旧醉生梦死的是听歌的贵族官绅们，他们在颓唐的现实中依然听亡国之音而取乐。《玉树后庭花》是南朝亡国之君陈后主所填词，歌词中云：“玉树后庭花，花开不复久。”预示着南朝的覆灭，而此曲也被认为是亡国之音。我国传统历来把音乐看作对人民教化的一种很重要的方式，而国家的兴衰也从流行的音乐中能窥其一二。《礼记·乐记》就有：“亡国之音哀以思，

其民困。”又：“桑间濮上之音，亡国之音也，其政散，其民流。”作为官宦之家长大的儒家知识分子，自然对这种靡靡之音格外敏感。唐朝开国初期，魏征就提出“以史为鉴”的治国理论，杜牧自己则写下“秦人不暇自哀而后人哀之，后人哀之而不鉴之，亦使后人而复哀后人也”，还有“门外韩擒虎，楼头张丽华”，这都无时无刻不展现诗人害怕历史重现的忧虑。这种忧虑，更是被宋人王安石借去，写下“至今商女，时时犹唱，后庭遗曲”。

文人如此，于二十八字见颓势之不可逆。而画者，也只能尽全力，画彼岸歌舞升平，画江中寒烟冷月，画此岸忧世黯然。

《网师园唐诗笺》：后之咏秦淮者，更从何处措辞？然，故非画者不尽意。

赤壁

杜牧

折戟沉沙铁未销，
自将磨洗认前朝。
东风不与周郎便，
铜雀春深锁二乔。

一支折断了的铁戟沉没在水底沙中，还没有腐蚀销尽，拿来磨光洗净，发现这是当年赤壁之战所用之物。假如东风不助周瑜火攻一臂之力，及时地吹来，结局恐怕是曹操取胜，大乔小乔被关进铜雀台了。

本诗是诗人于武宗会昌年间（841—845）任黄州刺史时，有感于三国时代的英雄成败而写下的。本诗的赤壁，乃赤壁矶，在湖北黄冈，而三国时代孙曹大战的赤壁，乃在湖北省蒲圻，跟此处不是一个地方。可见诗人前两句仅为后二句铺垫，而更见诗人本意。历史上的赤壁之战发生在汉献帝建安十三年（208）十月，这对三国鼎立的建立起到决定性的作用，年轻有为的吴国统帅周瑜一战成名，奠定了自己不可撼动的地位。在本次战役中，周瑜采取黄盖火攻的计谋，借猛烈的东南风冲进曹军已经用铁索连起来的船舰中，同时放火，“顷之，烟焰张天，人马烧溺死者甚众”（《资治通鉴》）。在这次战争中，东风起了重要作用，如果没有及时刮起东风，曹操几乎会因为自己十万之众（此数据尚也存疑）赢得战争，历史会改写，大小乔可能就会被曹操掳去，被关在铜雀台。

铜雀台是史书中之“邺三台”之一，台高十丈，有屋百余间。三国时期，曹操击败袁绍后营建邺都，修建了铜雀、金虎、冰井三台，其中铜雀台最为壮观，台上楼宇连阙，飞阁重檐，雕梁画栋，气势恢宏。铜雀台更是建安文

学的发祥地。东汉末年的北方文学家们经常聚集在铜雀台，用自己的笔直抒胸襟，慷慨任气，抒发渴望建功立业的雄心壮志。铜雀台到了曹操晚年则成为其与妻妾的享乐之处，这便是“春深”的由来。

唐诗中的女性形象可谓很多，宫中闺怨女，落寞大户小姐，荒野村妇，市井小女。大乔小乔以其特殊的身份，已经成为一种重要的象征。她们一人是前吴主孙策的夫人，一位是周瑜的夫人，可以说她们就是东吴的尊严。一旦二乔被曹操所获，就意味着东吴彻头彻尾的失败。杜牧用二乔来指代东吴的失败，更加体现周瑜用计之险。事实上，在五百多年后的《三国演义》中，罗贯中就让诸葛亮使出了挑拨一计而使周瑜下决心对抗曹操。（孔明曰：“曹操幼子曹植，字子建，下笔成文。操尝命作一赋，名曰《铜雀台赋》。赋中之意，单道他家合为天子，誓取二乔。”瑜曰:“此赋公能记否？”孔明曰:“吾爱其文华美，尝窃记之。”瑜曰:“试请一诵。”孔明即时诵《铜雀台赋》云:“……揽二乔于东南兮，乐朝夕之与共。……”周瑜听罢大怒，“老贼欺人太甚！大乔是孙策之妇，小乔乃周瑜之妻。我与老贼势不两立！”）其实曹植的《铜雀台赋》中原话是:“立双台于左右兮，有玉龙与金凤。连二桥于东西兮，若长空之蝃蝀。”而诸葛亮故意改为“揽二乔于东南兮，乐朝夕之与共”渲染了曹操觊觎二乔美色的意图。

杜牧此句，提出了其独特历史观，为《三国演义》提供了灵感，余亦不禁尝为《铜雀台》一图。

寄扬州韩绰判官

杜牧

青山隐隐水迢迢，
秋尽江南草未凋。
二十四桥明月夜，
玉人何处教吹箫。

青山隐隐约约连绵，绿水遥遥迢迢延连，秋日已到尽头，江南草木还未枯凋。扬州二十四桥，明月映照格外妖娆，我这好看的朋友啊，你又在何处让人吹箫给你听。

“丰神摇曳”之诗，画图难足。

其一，为这草凋与否。草“未”凋与草“木”凋。不管枯凋与否，文章都能继续，画可就无所适从。可细看自然景色，青山逶迤，绿水如带，如果草木已凋，岂不是煞风景。正如《升庵诗话》中：《寄扬州韩绰判官》云“秋尽江南草未凋”，俗本作“草木凋”。秋尽而草木凋，自是常事，不必说也；况江南地暖，草本不凋乎！此诗杜牧在淮南而寄扬州者，盖厌淮南之摇落，而羡江南之繁华。若作“草木凋”，则与“青山明月”“玉人吹箫”不是一套事矣。余戏谓此二诗（另一指《江南春》）绝妙，“十里莺啼”，俗人添一撇坏了；“草未凋”，俗人减一画坏了。甚矣，士俗不可医也！

其二，为这二十四桥何在。是二十四座桥？沈括在《梦溪笔谈·补笔谈》中说：“扬州在唐时最为富盛，……可纪者有二十四桥。”并在卷三里对二十四座桥每座桥的方位和名称一一做了记载。抑或是一座桥？《扬州画舫录》说二十四桥即“吴家砖桥，一名红药桥”。《扬州鼓吹词》说“是桥因古之二十四美人吹箫于此，故名”。不管是二十四座桥，或是一座桥，明月都会毫无分别地眷顾。

其三，为这玉人何为。“十年一觉扬州梦，赢得青楼薄幸名。”回首扬州往事，不知诗人作何感想。是后悔风月场上的潇洒，还是怀念酒楼里“张好好”们的温柔，或是二者皆有，想韩绰，也想念无数次秦楼楚馆共游的欢畅。玉人倘为妓，则“月明桥上看神仙”，玉人倘为判官，则江南水榭乐不停。只恐怕在杜牧心中，皆为心中所爱，也就皆为“玉人”而。

“天下三分明月夜，二分无赖是扬州。”画图实难足，也只能竭尽笔墨，将二分天下之美赋之。

三日寻李九庄

常建

雨歇杨林东渡头，
永和三日荡轻舟。
故人家在桃花岸，
直到门前溪水流。

三月三日这一天，新雨初停，天清气爽，我乘船到林边的东渡口去探访友人。就像以前山阴的兰亭修禊那样，小船开着轻快喜悦。好友的家沿着这条溪流走，在一片桃林的岸边。

唐人殷璠在《河岳英灵集》中首列常建诗，评论说："建诗似初发通庄，却寻野径，百里之外，方归大道。所以其旨远，其兴僻；佳句辄来，唯论意表。"确实如此，常建笔下的山水不似家中花园，倒也温馨，却有一股脱去脂粉气的清冽，着画笔描绘颇费心思。

"雨歇杨林东渡头，永和三日荡轻舟。"三月三日，春雨初歇，翠意盎然，眼前一片明丽的景色，水涨船高，行舟轻巧，正是坐船游玩的好时分。从东渡头出发，水急船行，眼前的所见诗人却并不着急描绘，而是引用兰亭之会作比。此招妙绝！找来《兰亭集序》，已将诗人眼前和心底的景色描绘得尽意了。两岸边"崇山峻岭，茂林修竹，又有清流激湍，映带左右"，沉浸其中感受"天朗气清，惠风和畅"，朋友汇集在一起"群贤毕至，少长咸集""游目骋怀，极视听之娱"。两句诗中未尽之意由《兰亭集序》补充，让一个三月三叠加了更多意蕴。

"故人家在桃花岸，直到门前溪水流。"乍看像张旭《桃花矶》中"桃花尽日随流水，洞在清溪何处边？"两句，让人不由得也联想起诗中前两句"隐隐飞桥隔野烟，石矶西畔问渔船"。想必寻李九庄的过程中，诗人也是在"山

谷云烟缭绕”中，在“溪上飞架若隐若现的高桥”旁边去找渔船上的渔夫问过路。《三日寻李九庄》和《桃花矶》中对桃源之典的引用，不仅表达了诗人对陶渊明的敬意，还借用桃源的意象再一次丰富了自己诗中的景色：“忽逢桃花林，夹岸数百步，中无杂树，芳草鲜美，落英缤纷……”

常建此诗真意，不在细品，而是通过看似轻巧的用典，通过想象把读者带入一个景色充盈、意境丰富的世界。而诗题一个“寻”字更暗合后人对于桃花源的向往。此时李九和李九庄究竟是否真的存在、能否找到，已经不重要了。画至此，想起“南阳刘子骥，高尚士也，闻之，欣然规往。未果，寻病终，后遂无问津者”，若观者能在画中寻得一丝桃源影子，也算得诗人真意之一二了。

宿王昌龄隐居

常建

清溪深不测，
隐处唯孤云。
松际露微月，
清光犹为君。
茅亭宿花影，
药院滋苔纹。
余亦谢时去，
西山鸾鹤群。

清澈的溪水流向深不可测的石门山谷，隐居之处也只有孤云作伴。松林的梢头透着些许月光，像是为你洒下幽微的清辉。茅草亭中花影睡意正浓，种着芍药的园圃到处都是斑斑苔痕。我也要辞去世俗之累，与西山的鸾鹤为伍。

常建和王昌龄是同科进士及第的宦友和好友，二人常有文字相酬。虽具体时期没有定论，但清人在《唐诗成法》中写道："王之清才，死后松月犹若缱恋，生时不见用，此所以感而欲隐也。读此方知李颀'物在人亡'一首俗浅。"可见写此诗之时王昌龄已故去。细读本诗，确有凭吊之意，可见不仅仅是常建爱屋及乌之作。

"清溪深不测，隐处唯孤云。"清溪水贯穿石门山，流入林深不见处。隐居之处，只有一片孤云为伴，旧友已不在。不知这孤云是代替王昌龄来陪伴诗人，还是孤云、常建俱在，唯缺一人之意。陶弘景曾对齐高帝说："山中何所有？岭上多白云。只可自怡悦，不堪持赠君。"这与白云相伴的高逸之趣恐怕只能独自品味，无法分享了。"松际露微月，清光犹为君。"明月透过梢头的缝隙露出面庞，洒下了一地清辉，就像是在等待这里的旧主王昌龄。此时诗人化身成流到人间的月光，将自己对旧友的思念寄托其中，这也正是"死后松月犹若缱恋"所指。"茅亭宿花影，药院滋苔纹。"茅草亭里可见团团花影，长着芍药的院子里因无来往，已长满青苔。这"苔痕上阶绿"之态也确实颇具"陋室"

之气质。“余亦谢时去，西山鸾鹤群。”被这清幽之地启发，诗人也要“谢时去”，摆脱俗世的拖累，回到孤云清光作伴的日子。是年夏天，他辞掉官职，只身离开了盱眙县，一路向西，最后在鄂渚西山停了下来，选择了一个“曲径通幽处，禅房花木深”的深山小寺，过起了隐居生活，直到百年。

唐人诗意时常有出仕之人的隐逸之意，乍看颇为矛盾，细想古代士大夫却大都在这矛盾中纠缠。本意愿像陶渊明一样能归隐田园，可读书齐家治国平天下的知识分子使命感又不断敦促他们积极入仕。常建有《宿王昌龄隐居》，清人又有《过盱眙怀常建》诗，这种超逸之趣与积极作为的担当感就这样一辈辈流传。诗者如此，画者亦当用画笔将此精神传承。

商山早行

温庭筠

晨起动征铎，
客行悲故乡。
鸡声茅店月，
人迹板桥霜。
槲叶落山路，
枳花明驿墙。
因思杜陵梦，
凫雁满回塘。

清晨起床，车马上的铃铎已叮当作响，出游之人又踏上旅途，心理依然挂念着故乡。雄鸡打鸣，住的茅屋店家还被晓月的余晖映照，木板桥上蒙了一层早春的寒霜，上面却已有了人行的足迹。枯败的槲叶落满了荒山野路，淡白的枳花，明艳地绽放在驿站的泥墙边。此时回想起昨夜梦见的杜陵的美好景象，那里一群群的凫雁，正嬉戏在岸边曲折的池塘里。

历来本诗颔联“鸡声茅店月，人迹板桥霜”备受推崇，有梅尧臣与欧阳修的对话为证，还把此句与贾岛的“怪禽啼旷野，落日恐行人”一起提出来，以表达最好的诗可以做到“状难写之景如在目前，含不尽之意见于言外”。《苕溪渔隐丛话》也有对欧阳修爱此句的描述：“《三山老人语录》云：六一居士喜温庭筠诗‘鸡声茅店月，人迹板桥霜’，尝作《过张至秘校庄》诗云：‘鸟声梅店雨，野色柳桥春。’效其体也。”

在画者看来，商山早行，却是句句入画，句句诗情，虽有古人今人之分，情却互通，若画者居于诗人之位，也难抑其羁旅思乡却又郁郁不得志之凄凉感。“晨起动征铎，客行悲故乡。”赶路之人要早出发，清晨就起床准备行装，而心中却盈满离乡之伤，想来凡是离乡背井之人都有经验，忙着离乡前行之事，眷恋之感却萦绕挥之不去。“鸡声茅店月，人迹板桥霜。”一字一象，鸡鸣边起，月色还照着旅店，一早就动身前行的人看到霜落的桥上已有人通过，

可能也会觉得不那么寂寞吧。“槲叶落山路，枳花明驿墙。”槲叶冬天虽枯却依旧留在枝上，春天发芽时才掉落，枳开白花，果不可吃却能入药。叶落满地，春天却有秋的凄清，枳花明艳，虽苦口却能悦眼。“因思杜陵梦，凫雁满回塘。”昨夜梦中的故乡在这个寂静的早上依然缠绕着诗人，与眼前的一切都不同，故乡的杜陵，春至水暖，凫雁回塘，充满幸福。

画者年轻时写生，工作，总少不了早行，近年来人事多消磨，却也不再喜欢早起行路，想来，的确也是不想体验清冷的萧索。早行之体验，唯将其留于画中，留待观者体察之。

苏武庙

温庭筠

苏武魂销汉使前，
古祠高树两茫然。
云边雁断胡天月，
陇上羊归塞草烟。
回日楼台非甲帐，
去时冠剑是丁年。
茂陵不见封侯印，
空向秋波哭逝川。

苏武遇到汉使，百感交集，悲喜交织，古庙高树相对，渺远苍茫，无所依傍。羁留北海音书阻断，抬头只见胡地的月，荒陇牧羊，归来之时只有草原上的暮烟相迎。回朝进谒楼台依旧，却再无甲帐踪迹，出使之时加冠佩剑，正是雄姿英发的青年。封侯受爵缅怀茂陵，再也不见当年的君王，空对秋水哭吊，哀叹逝去华年，再也追不回。

苏武天汉元年（前100）奉命以中郎将持节出使匈奴，被扣留。匈奴为使其投降，威逼利诱，苏武不为所动，匈奴虽气愤，却也欣赏苏武的气节，便将他迁到北海边牧羊，扬言要其羊群生子方可释放他回国，但实际上给他的都是公羊。从此在北海，苏武每日持节放羊，始终不渝，十九年后，终于被汉家接回国。自此，苏武便因其忠贞不屈为无数臣子追随。

晚唐国势衰颓，战乱纷起，需要像苏武这样能矢志不渝、心向故国的人士，而诗人也正是借《苏武庙》表明心迹。画者看来，苏武不仅仅是一个爱国忠诚的形象，他还代表了一种心思纯净、一心一意之人。唯其专一，才能坚守自己对国家的承诺，不忠二主。画者对山水画的事业，往往也是一种专情，这个专情，画者常常从古人身上辨认出来，这也许也是画者总是回顾《苏武庙》的原因吧。

十九年坚守等来了汉家天子使，悲欣交集，难以言说，古庙旁的树都已长高，此时树与庙

相对，茫茫然。北海难度，内地杳无音讯，满腹心事只有对胡天之月诉说，荒陇公羊，断绝了希望的人生恰如这塞上草烟，不知不觉便断绝。故国新台，旧账不见，回想去时尚且为雄心勃勃的青年。君臣相隔，只留孤独之人独自向水悲切。

真正值得赞颂的，正是胡月下那颗毫无旁骛的坚守之心。

咏柳

贺知章

碧玉妆成一树高，
万条垂下绿丝绦。
不知细叶谁裁出，
二月春风似剪刀。

高高的柳树用翠绿的新叶装扮自己，轻垂的柳条就像无数条轻轻飘动的绿色丝带。不知道这细细柳叶是谁剪裁出来的，就是那二月的春风，就像剪刀一样。

本诗写于公元744年，是贺知章辞官归隐后写的。贺知章一生仕途顺利，既受到朝廷重用，又在同僚中口碑颇高，福寿双全，可谓没受大的挫折，心态也一直非常积极向上，就连《咏柳》这首诗，也写出了少年一般的感觉。

“碧玉妆成一树高”，初春的柳树，自然是青翠之色。而“碧玉”又营造出一个亭亭玉立的妙龄少女的感觉，不由让人想起“碧玉小家女”，好似这个曼妙女子就倚着柳树，站在我们面前。“万条垂下绿丝绦”，柳之风姿，在于其摇摆。柳条随风飘动，就像少女身上垂下的绿色丝织裙带。“绿丝绦”的比喻，也是化用益州刺史刘悛之的比喻，他曾献蜀柳数株，说其“条甚长，状若丝缕”（《南史》）。“不知细叶谁裁出，二月春风似剪刀。”初春的柳叶细嫩，细长规整，就像有人刻意裁出来的一样，所以不禁发出这样的慨叹。柳叶之美其实就是大自然的造化之作，二月的春风就像给柳叶修理形状的剪刀一样，所到之处，春风化雨般地剪出了条状的柳叶。

清朝人黄叔灿的《唐诗笺注》评价《咏柳》：“赋物入妙，语意温柔。”赋物入妙，简单两句便塑造出柳树纤细飘动的形象，既有柳树之态，

又有美人之姿，交相呼应，美轮美奂。而动感的春风，又像大自然的剪刀，在它的吹动下，柳叶生出了春天的样子，又是为物赋予人的气息。“语意温柔”，整个诗的氛围透着少年见到初春的欣喜之情，虽然诗人已是老年，但对自然的好奇心还未泯灭，对自然的抒发充满元气。故画二童子，暗暗盼望其中有作者的化身。

回乡偶书

贺知章

少小离家老大回，
乡音无改鬓毛衰。
儿童相见不相识，
笑问客从何处来。

年少时离开家乡，迟暮之年才归来，家乡的口音虽然没有改变，鬓角的毛发却已斑白。家乡的孩童看见我，并不认识我，而是笑着询问：这位客人，您是从哪里来的呀？

贺知章有《回乡偶书》两则，第二则是："离别家乡岁月多，近来人事半消磨。唯有门前镜湖水，春风不改旧时波。"如果说后一则整首诗都透着浓浓的哀伤，这一首则将哀伤隐藏了起来。"少小离家老大回"，准确地说贺知章离开家乡的时候不算"少小"。诗人青少年时代便因善诗文出名，家境优渥，直到三十六岁才中状元赴京工作，可见是中年离家，但是之所以产生"少小"和"老大"的"时间跨越"，是因为他直到八十五岁才回到家乡，五十年在外。"乡音无改鬓毛衰"，老年的贺知章，自然是毛发衰老，和离开时的风华正茂没办法相比。而不变的是"乡音"，是故乡给诗人烙上的永恒的烙印。对故乡的眷恋，使得深受皇帝喜欢的贺知章抛弃自己在京城的功名利禄，无论如何也得回到家乡。"儿童相见不相识，笑问客从何处来。"家乡的儿童不认识自己，认为是有客来，还笑嘻嘻地问候这位客人来自何方，家乡何处。农村孩童的淳朴扑面而来。可是又正是孩童的无意之举，触动了千山万水回乡的诗人。多年离乡，对故乡的思念没有一丝减少，而在家乡的人看来，自己已经变成了客人，反主为宾。心里从未远离家乡，家乡却远离了自己。而正是

因为孩童的天真质朴，完全没有杂念的问话，才更突显这个事实。本句寓悲伤于欢快，背面敷粉，了无痕迹，可是读完却能感受到悲伤的弦外之音回荡不绝。

诗人虽然是衣锦还乡，可当时已是八十五岁高龄，可以想见一定是“人事半消磨”，曾经的朋友们在的不会多。故乡对一个人究竟意味着什么，故乡之人已不再，故乡还能是故乡吗？老朋友不在，孩童不认识，只有门前的那一湾水仍然在被春风吹得皱起，物是人非之感顿生。如果能画出诗人的表情，一定是微笑着老泪纵横吧。

行经华阴

崔颢

岧峣太华俯咸京，
天外三峰削不成。
武帝祠前云欲散，
仙人掌上雨初晴。
河山北枕秦关险，
驿树西连汉畤平。
借问路傍名利客，
无如此处学长生。

高峻的华山俯瞰古都咸阳城，伸向天外的三峰不是人工所能削成的。巨灵河神祠前云雾将要散去，仙人掌顶大雨过后天气刚刚转晴。函谷关北靠黄河华山地势极其险要，驿路通过长安往西连着汉畤。想问问路边那些追名逐利的人，为何不到此访仙学道求长生不老？

天宝年间崔颢二次入都，行经华山，在太华崇高的山势和飘然超逸的气质感染下，诗人也未免对自己此行的目的产生怀疑，感叹自己何苦奔波于坎坷仕途。

《文心雕龙》中对“神思”的评价是：“寂然凝虑，思接千载；悄然动容，视通万里。”站在华阴初，崔颢看到的不仅仅是当下当地，更是看到了唐朝一路走来的历史。“岧峣太华俯咸京，天外三峰削不成。”华山对帝都形成崇山压顶之势，和“岧峣”的华山相比，古之咸阳，今之长安的京都是如此的渺小，而这样耸入天际的三峰为大自然鬼斧神工，非人力所及。“武帝祠前云欲散，仙人掌上雨初晴。”诗人到达时云消雨霁，汉武帝所建巨灵祠和“巨灵手劈”的有“仙人掌”之称的最高山峰在一片新沐的气象中安然自得。“河山北枕秦关险，驿树西连汉畤平。”如果说前几句时“思接千载”，本句则是“视通万里”。在华山下本无法同时看到黄河与秦关，但是如果将华山置于诗人胸中的丘壑，则普天之下，莫不能入景。在如洗的华阴仙境中，诗人的感官也完全打开。此时提出“借

问路傍名利客，无如此处学长生”之间，既是对旁人的劝谕，又是对自己的反思。在俗世中追名逐利，哪有在山中飘逸学道来得畅快！

自古以来，画家与诗人都有共同的爱好，就是游历山水，并将眼中之景付诸笔端。其实除了积累素材，写生游历之美，还在于置身山水时被自然感知而神游千古之旅，遇到能心意相通之诗，往往暗喜，有偶遇知音之感。

黄鹤楼

崔颢

昔人已乘黄鹤去，
此地空余黄鹤楼。
黄鹤一去不复返，
白云千载空悠悠。
晴川历历汉阳树，
芳草萋萋鹦鹉洲。
日暮乡关何处是？
烟波江上使人愁。

昔日的仙人已乘着黄鹤飞去，留在此地的只有空空荡荡的黄鹤楼。黄鹤离开再也没有返回这里，千百年来只有悠悠白云来来往往。阳光照耀下的江面晴明，汉水北岸的树木清晰可见，鹦鹉洲上芳草郁郁葱葱。暮色渐渐漫起，哪里是我的故乡？远望江上，烟波飘渺，让人不胜哀愁。

黄鹤楼名气大，名气更大的是崔颢的《黄鹤楼》诗，而更出名的则是李白与本诗的故事：元人辛文房在《唐才子传》记李白登黄鹤楼本欲赋诗，因见崔颢此作，为之敛手，说："眼前有景道不得，崔颢题诗在上头。"不知此典是后人穿凿附会还是真实发生，但是通过李白与此诗相似的两首诗来看，崔颢是给过"诗仙"启发的，《鹦鹉洲》诗前四句可见一斑："鹦鹉东过吴江水，江上洲传鹦鹉名。鹦鹉西飞陇山去，芳洲之树何青青。"另外就是著名的《黄鹤楼》仿诗《登金陵凤凰台》："凤凰台上凤凰游，凤去台空江自流。吴宫花草埋幽径，晋代衣冠成古丘。三山半落青天外，二水中分白鹭洲。总为浮云能蔽日，长安不见使人愁。"

无论崔颢一生诗名如何被其前半生的轻薄之诗耽误，能留下一首被李白效仿的《黄鹤楼》也算盛名堪副了。

铺卷翻墨，画者暗忖如何才能配得上令李白收笔之诗。向历史深处看去，有仙人从此过，有人从此成仙，只有黄鹤楼孤零零的在此，连

黄鹤都不复归，或许仙境真的如此让人流连忘返？不，黄鹤楼也不可以孤单，还有阳光、山川、白云、芳草的陪伴。而环顾四周，真正孤单的正是诗人本身。阻挡不了暮色的降临，正如无法阻挡暮色的离去一般，在每人都要回家的黄昏之时，诗人的故乡在哪里？四顾江面，烟雾缭绕，无处可寻。画者毫无自信地“交稿”，只恐遇到李太白之日：我尚且没有胆量附会，你竟然敢下画笔描画黄鹤楼？

望蓟门

祖咏

燕台一望客心惊，
箫鼓喧喧汉将营。
万里寒光生积雪，
三边曙色动危旌。
沙场烽火连胡月，
海畔云山拥蓟城。
少小虽非投笔吏，
论功还欲请长缨。

登上燕台眺望，我不禁感到震惊，这笳鼓喧闹之地，原来是汉将兵营。江山万里，被积雪覆盖，映照出寒光冷冷，边塞曙光高照，旌旗飘动。战场烽火连天，直逼胡天明月，海边云山耸立，拱卫着蓟门城楼。少年时虽不像班超一般投笔从戎，论功名还是想请缨从军。

祖咏之诗，一般为田园羁旅之类，《望蓟门》是其少有的边境吊古诗，却在激怀壮阔中别有一番险峻。

“燕台一望客心惊，箫鼓喧喧汉将营。万里寒光生积雪，三边曙色动危旌。”燕台本是燕昭王所筑用来招贤的黄金台，这是一个远古的感召。登临燕台向远处眺望，眼前的景象不禁让人感到震撼，联营吹角，一片喧声叠叠，军令肃然，是在城市内不谙边塞军况的百姓所想象不到的，原来边防如此紧张，而这正是诗人心惊的原因。登临之时，正是严冬初晓，绵延万里的雪更增添军中生活的残酷，曙光熹微，却已足够在雪影的帮助下映照出高悬的旌旗。“沙场烽火连胡月，海畔云山拥蓟城。”战场连延，烽火烧到了胡地，我军不仅是能够戍守，还能以攻为守，沿海一边，云山簇拥，就像是在保卫着蓟城。我军的镇守，带山襟海，占据天时和地利。“少小虽非投笔吏，论功还欲请长缨。”至此蓟门一望，激发诗人自己从军的决心，一连引用两个典故，与古人为僚。投笔从戎定远侯班超，定西域三十六国，稳定边疆。“终军请

缨”出使南越，立下奇功。

祖咏善用五言，而《望蓟门》难得使用了七言，气势连绵，山川形胜之态滚滚而来，读来就是一幅波澜壮阔的图卷。囿于篇幅，无法左右延展体现画图之广，便只能向上使力，也算暗合诗家动辄连胡月天、接云山顶的视角罢了。

终南望余雪

祖咏

终南阴岭秀，
积雪浮云端。
林表明霁色，
城中增暮寒。

终南山北景色秀美，岭上积雪似乎浮在云端。初晴的阳光映照着林梢，水珠晶莹闪亮，返回城中，傍晚时分反增阵阵积寒。

古诗诸多，其境况大多由其本身展示，有记载诗作过程的尤少。据《唐诗纪事》所记，“终南望余雪”乃应考文题，要求本是六韵十二句的五言长律，祖咏写出四句便搁笔不写了，也拒绝重写，结果未被录取。想来对诗家而言，四句足矣。其实对画者而言，也便足矣。清人王士禛在《渔洋诗话》卷上里把这首诗和陶潜的“倾耳无希声，在目皓已洁”、王维的“洒空深巷静，积素广庭宽”等并列，称为咏雪的“最佳”之作。而画者有尤喜把玩此景，在其“余”字。雪景诗可得，余雪难得。

“终南阴岭秀，积雪浮云端。”山北水南为阴。云霄雪霁，不知阳面为何，反正从北面看终南山，尚有余雪未化。满满的雪景，白茫茫大地，是一幅超世之感，而余雪之景，雪为景之留白，有了意味。山不在高，总有云在身边萦绕，山顶的积雪远看就像在云上浮动一样。正如惠能的那则公案所说：“非风动，非幡动，仁者心动。”此时画者也特别想跟诗人说，非雪浮，非云浮，乃诗家心浮。任何人看着秀峰上的雪，与飘浮婉转的云，也得心动。

“林表明霁色，城中增暮寒。”自然中的一切都是相互作用，雪后转晴，落日的余光是从树林表面捕捉到的，而不是仅仅看到了光晕本

身。世间美大抵如此，美若是只有美其本身，便无趣味，若是能把美散播给别的事物增美，便有了善，美与善兼顾才显得有韵味。林中本无冷暖，有光便热闹，而城中人却因为暮色降临，更感寒冷。

画毕，回望终南山上的余雪，不知当年考官作何想，反正画者觉得四句足矣。

同题仙游观

韩翃

仙台初见五城楼，
风物凄凄宿雨收。
山色遥连秦树晚，
砧声近报汉宫秋。
疏松影落空坛静，
细草香闲小洞幽。
何用别寻方外去，
人间亦自有丹丘。

从高高的观景台上俯视仙游观，夜雨初停，风声凄厉，一派萧索景象。晓山翠色远远绵延在秦地树木的边际，捣衣声阵阵预示着汉宫的秋天要来临。松影稀疏，映在道观的地面，道坛空旷，一片寂静，细草清香，静谧悠闲，山脚洞口更加幽深。何必去寻觅世外桃源，人间道观便是清净处。

受到社会现实影响，唐代诗人多在隐逸和入仕中兜兜转转，“居庙堂之高则忧其民，处江湖之远则忧其君”，在大城市待着的则以“大隐隐于市”来自我宽慰。韩翃一生虽也是经历不少颠沛流离，诗歌以赠别或者唱和吟咏居多，但其中诗意多轻巧乐观，并无赠别诗中常见的凄楚伤感。《同题仙游观》同样并无奇崛跌宕的冲击，却是工巧秀丽，把冷清秋之景寓以平和之态，更加深了道家的清幽色彩，诗意画意俱足。

“仙台初见五城楼，风物凄凄宿雨收。”初秋时分，登临仙游谷门，向下俯视，只见仙游观在风雨凄凄的景色中挺立，从昨夜就开始下的雨此时也渐渐停止。“山色遥连秦树晚，砧声近报汉宫秋。”道家追寻的就是长生不老，在这里，山色遥接秦汉，砧声犹似汉朝，昭示着秋天的到来，怀古通幽，仙游观不仅山高水远，还有长久的历史。“疏松影落空坛静，细草香闲小洞幽。”走入观中近看，疏疏落落的青松投下纵横的树影，落在无人的道家讲坛，越发寂静，

无春花灿烂的热闹，却有小草青色幽微，反衬得山脚下洞口更加吸引人。“何用别寻方外去，人间亦自有丹丘。”此时此处正是人间桃花源，寻觅隐逸处不需要到别的地方去，只要安享此地即可。

仙游观其景，近有细草、空坛、松影，远有山色、宿雨、风物，眼中尽带秋色，耳畔砧声不觉，是一个真实的存在。仙游观其情，纵接秦汉幽古，横比桃源方外，沉浸其中，感思良多。搁笔细瞻，顿觉画犹不足，只盼能亲去一览，方得满足。

春思

皇甫冉

莺啼燕语报新年，
马邑龙堆路几千。
家住层城临汉苑，
心随明月到胡天。
机中锦字论长恨，
楼上花枝笑独眠。
为问元戎窦车骑，
何时返旆勒燕然。

莺歌燕语预示着新年的来到，边防马邑城离此几千里之遥。家住在京城与汉室宫苑比邻，心却随着明月飞到了边陲的胡天。机中的锦字回文诉说着思念的离愁别恨，楼上的花枝似乎在取笑我孤枕独眠。借问军中主帅车骑将军窦宪，何时才能班师回朝刻石燕然山。

个人的命运与国家的命运是紧密相连的，对边疆的戍守不仅是前线官兵在奉献，还是以无数个家庭的分离为代价，这其中更充满了无数妇女的等待。

“莺啼燕语报新年，马邑龙堆路几千。”新年佳节正是亲人团聚的时刻，连莺莺燕燕都出来和大家一起欢庆，共享这个和平宁静的时刻，然而从军的丈夫却远在千里之外沙漠中的马邑城中。“家住层城临汉苑，心随明月到胡天。”家住京城繁华显贵处，甚至于宫苑比邻，可这热闹却越发显出家中冷清，心也随着明月飞到了边塞胡天，像青鸟一样“探看”自己的丈夫。

“机中锦字论长恨，楼上花枝笑独眠。”此时能做的也只有“纤纤擢素手，札札弄机杼”，仿效窦滔之妻苏蕙织锦，融为回文旋图诗，寄托自己的哀思，只是还有楼上花团锦簇，成堆作伴开放的花朵似乎在笑话我孤身一人，独自入眠。

“为问元戎窦车骑，何时返旆勒燕然。”请问军中主帅，什么时候才能得胜班师，勒石而还？既然无论如何都要为国戍边，那归期就只

能去请教带兵打仗的将军，只有他才能得胜回朝，把每一个战士带回来。

春天带来的不仅是希望和热闹，还有在这一片祥和中不幸的人。盛唐虽然繁荣，但边疆也还是战事不断。《春思》属于另类边塞诗，不直接描写边疆之困苦，战争之残忍，而是把留守在都城的亲人的思念描绘了出来，“春”越繁茂温馨，“思”便越酸楚凄凉。其妇心中所想之低谷无法看出，于是便要着力描画这草长莺飞、鸟语花香之态，对比才能越发强烈。

出塞

王昌龄

秦时明月汉时关，
万里长征人未还。
但使龙城飞将在，
不教胡马度阴山。

依旧是秦汉时的明月汉时的边关，万里远征在外的大军仍然没有回还。倘若龙城的飞将李广如今还在，一定不会让胡人战马踏过阴山半步。

王昌龄以边塞诗著名，与之交好的李白、高适、王维、王之涣、岑参也多是此风格的诗作者，看来朋友之间确实是志趣相投。而在诸多的边塞诗中，王昌龄之《出塞》乃个中翘楚，句句千古名句，明代诗人李攀龙甚至推它为唐人七绝的压卷之作。画者也是被其雄浑所打动，所以时时付之笔墨，大唐盛世之怀抱与朝中无将的惆怅也在其中。

“秦时明月汉时关，万里长征人未还。”一轮明月照耀着关塞，明月还是秦时的那个明月，边塞也还是汉时的那个边塞。一时当下之景象进入了历史的深处。远赴万里之外戍守边疆的人们没有回来，这里既有过去战死沙场的将士，又有现在仍在边关守卫的士卒。短短两句，就深入了古老的历史，和遥远的边塞，从时间和地理上都跑到了他处。“但使龙城飞将在，不教胡马度阴山。”乍看古往今来，明月和边塞都一样，将士也依旧在，似乎没有新事发生。可当今没有了当年龙城之战的飞将军李广，边塞无人。如果李将军在，胡人无论如何也不敢进犯。

写出“洛阳亲友如相问，一片冰心在玉壶”的王昌龄其文字“绪密而思清”，读来总是一副热肠和鲜血，这也是他边塞诗写得好的原因。

边塞诗总是充满了热烈的情感，既有爱国人士渴望边境安宁、建功立业的热望，也有征夫思妇的生离，还有无数将士的死别。一句“秦时明月汉时关，万里长征人未还”便是给边塞诗以“思接千载，视通万里”的尺度，而“但使龙城飞将在，不教胡马度阴山”又体现诗人对国运之隐忧。

只是画者悄悄看了一下王冤死的年份，公元757年，关注了一辈子边塞的诗人，还看到了王朝的覆灭从内部一点点开始，不知是何种感觉。

春泛若耶溪

綦毋潜

幽意无断绝，
此去随所偶。
晚风吹行舟，
花路入溪口。
际夜转西壑，
隔山望南斗。
潭烟飞溶溶，
林月低向后。
生事且弥漫，
愿为持竿叟。

幽居归隐之心不曾断绝，此次出行随遇而安任其自然。晚风吹动我的行舟，沿着开遍鲜花的路途送我入溪口。傍晚时分船儿转过西山幽谷，隔山仰望南方的星斗。潭上弥漫起溶溶的烟雾，岸边林中月亮低低地向后而去。世事纷繁，庞杂无序，不如做一名钓叟垂钓溪旁。

綦毋潜之名，总觉游离在唐诸家之外，不似王维、储光羲、孟浩然等人，虽也是写归隐田园诗，总是在一种诗人群体中，綦毋潜之名，格尔不群。綦毋潜虽为仕不顺，“安史之乱”爆发后，再度归隐，游江淮一带，与诸多诗人过从甚密，王维有《送綦毋潜落第还乡》、李颀有《送綦潜三谒房给事》等唱酬诗作，看来他在同僚中也是很受欢迎。《春泛若耶溪》写于他隐居之后，若耶溪在今浙江绍兴市东南，相传为西施浣纱处。同是写“溪”，綦毋潜就着意在归隐溪边的美好，而没有写出“谁怜越女颜如玉，贫贱江头自浣纱”之句，看来他与王维虽是心意相通，但也总是有些不同。

殷璠在《河岳英灵集》中评綦毋潜为“善写方外之情”，这方外之感，在《春泛若耶溪》中写得最为透彻。“幽意无断绝，此去随所偶。”“生事且弥漫，愿为持竿叟。”幽居之意为其本性，虽在世俗中蹭蹬过，但也终究向往在若耶溪泛舟垂钓的生活。“晚风吹行舟，花路入溪口。际夜转西壑，隔山望南斗。潭烟飞溶溶，林月低向后。”这是一幅綦毋潜的《春江花月

夜》。此行“随所偶”，任由晚风把小船送到了春花夹岸的溪口，一幅桃花源的模样。一转眼到了夜晚，置身于群山高壑之内，穿过高高的山峦，才望到南斗星宿。溪上水雾，水汽蒸腾，又充满颗粒感，所谓溶溶，两岸林木伴着月亮不断地被抛在身后。

跟着唐人诗，时时会有一种置身其中的美学体验。此时画者面临的不是一个平面的画面，而是整个世界。时至春日，也特别想春泛若耶溪，感受“潭烟飞溶溶，林月低向后”，只是恐怕到时反而一时语塞，连画也画不出了。

和晋陵陆丞早春游望

杜审言

独有宦游人，
偏惊物候新。
云霞出海曙，
梅柳渡江春。
淑气催黄鸟，
晴光转绿蘋。
忽闻歌古调，
归思欲沾巾。

只有远离家乡外出做官的人才对一年四季物候变化有着特殊的感知。旭日东升，海上的云霞灿烂，江南梅红柳绿一片春意，隔江的北面才刚刚回春。和暖的春气催着黄莺歌唱，晴朗的阳光照得绿蘋颜色都变深了。此时忽然有人吟唱着高古的曲调，思乡之情顿起落泪不已。

大概杜家的官运一直是不好，杜甫一生潦倒，他的祖父杜审言也没有好到哪里去，一直担任很小的官职。这首诗大约作于公元689年，此时的杜审言在江阴任职，已经离乡宦游接近二十年了，虽有诗名，但仍然远离京洛，不受重用。这段时间，他经常与同僚同游唱和，如本诗题，可以想见有陆丞《早春游望》在先，本诗乃是对其诗的唱和之作。

“独有宦游人，偏惊物候新。”杜审言是沈佺期、宋之问同时人，也都因谄献张易之集团受到牵连，可见他们还是对近帝王身效力是有情结的，也对自己远离都城宦游在外的遭遇耿耿于怀。在外之人对四季轮替、物候变化的敏感倒是可以理解的。“云霞出海曙，梅柳渡江春。”江南江北风光不同，这也正是宦游才能见到的。江南已胜春，江北春乍现。“淑气催黄鸟，晴光转绿蘋。”似乎春天的一切都是被变出来的，暖风熏人，催促着自然中的一切配合着变化，黄莺也要出来鸣啼，浮萍也要变成春天的颜色。“忽闻歌古调，归思欲沾巾。”忽然听到古朴的曲调，感怀身世，不由地泪如雨下。

初唐的诗人还是在诗的形式上进行探索，多为五言，但语言的短促却衬托了淡然的伤感，并不浓烈，却字字到位，语言中的清丽过滤了太多杂想，留给读者自己去品个中滋味。杜审言此诗句句能触动画者，“偏惊物候新”，时时在不经意间看到春至的痕迹，也从冬的蛰伏中惊醒。“梅柳渡江春”，大约有“山寺桃花始盛开”之感，即便是同样的人间，春的脚步也并不一致。“淑气催黄鸟，晴光转绿蘋。”冥冥之中仿佛有一个强力意志在操纵万物的行程，自然中的植物和动物都是在配合春的舞台而表演。“归思欲沾巾”，当世界都悸动起来，诗人画者都开始思索自己的来路和去处，所谓的伤春也即如此。王维诗中有画，而杜审言此诗，句句动人。

楚江怀古

马戴

露气寒光集，
微阳下楚丘。
猿啼洞庭树，
人在木兰舟。
广泽生明月，
苍山夹乱流。
云中君不见，
竟夕自悲秋。

露水雾气凝结一团，寒气集聚，夕阳西下，微光照耀着楚地的山丘。洞庭湖畔树木丛生，猿声啼叫不已，人儿乘坐木兰舟在湖中泛游。明月从广阔的湖面上渐渐升起，滔滔乱流两岸是高耸的青山。一片茫茫中找不到你云中仙君的身影，只有我独自一人，苦闷悲秋。

唐宣宗大中初年马戴被贬，自江北至江南上任途中行于洞庭湖畔，正是深秋萧索，看见水面被雾气笼罩一片白茫茫无所依傍，不由涌起淡淡的伤感。述清微之景，发幽微之情，风格细腻。题为怀古，却为怀己，令后来者读来也不由伤怀，可谓通古今之情。

“露气寒光集，微阳下楚丘。”大水之上最滋润处却偏不是水体本身，而是湖上之雾气，最阴暗偏偏不是无阳光之时，而是太阳降落，只有微光的黄昏。行至洞庭湖，露水雾气的凝重让人倍感阴寒，夕阳落下，微光透过薄雾更显清冷，如此景象恐是任人都要发思古幽情了。

“猿啼洞庭树，人在木兰舟。”气象清远，婉而不露，在行至洞庭水的这个场景里，耳边有声，眼中有景，猿在岸边，人在舟中。

“广泽生明月，苍山夹乱流。”前一句“广泽生明月”描绘了水泽的广大，明月的静谧，把小小之人置于一片天地之中，而后面的“苍山夹乱流”则暴露了诗人的心绪，明明是两岸青山，中间夹杂的却是左右奔腾的横流，可见诗人心中的凌乱和彷徨。

“云中君不见，竟夕自悲秋。”此云中君正是屈原《九歌》中的“云中君”，所谓“怀古”怀的古人也正是屈原。行船至洞庭，想起楚地的古老传说，又不禁联想到自己身上，也就发古人之委屈，抒自己的不得志了。

唐人所谓见景抒情之作甚多，马戴此事此情并无出众，其诗妙就在语言的凝丽。如近人俞陛云在《诗境浅说》中所说：“唐人五律，多高华雄厚之作，此诗以清微婉约出之，如仙人乘莲叶轻舟，凌波而下也。”其语言格调立意很高，如在水高处，然后情感缓缓流淌下来，确如俞之比喻，凌波而下，只不过在画者看来，到了底又被石阻拦，于是原地缓缓低回，一时感情凝结其中，不厚重，却有暗涌，滋味甚足。

凌朝浮江旅思

马周

太清上初日，
春水送孤舟。
山远疑无树，
潮平似不流。
岸花开且落，
江鸟没还浮。
羁望伤千里，
长歌遣四愁。

清朗的天空升起一轮朝阳，碧波荡漾的春水载送着一叶孤舟。青山渺远，仿佛没有树的痕迹，江水平静，好似停留不前。两岸春花，开而复落，江边水鸟，起起伏伏。羁旅中的我感伤千里，放声唱歌排遣四溢的忧愁。

马周是唐初宰相，因直言上谏深受太宗赏识，累迁中书令。太宗一向喜欢诤臣，马周反对实行世封制，劝诫太宗以隋为鉴，节俭治国，少兴徭赋，为表彰他对国家的贡献，太宗尝赐以飞白书曰："鸾凤凌云，必资羽翼。股肱之寄，诚在忠良。"受到这样的待遇，马周并不恃宠而骄，临死之前命家人把他这十几年给皇帝上的奏折统统烧掉，并说："春秋战国时的管仲和晏子经常数落国君的错误而出名，我不想做这样的人。"也许正是他的周到造就了他的政治才能，却也偏偏没有留下他的诗作，目前可查仅其一首，但这一首诗意心意俱备，其才情可见。

《凌朝浮江旅思》，凌朝，清早。春天的早晨随舟而行，春天的气象带着些许寒意。"太清上初日，春水送孤舟。"天空中升起一轮新日，春水中只有我在的这叶孤舟，人越是形单影只，越发注意到连所坐的小船在春水中也孤立无依。"山远疑无树，潮平似不流。岸花开且落，江鸟没还浮。"山离得太远，远望只有郁郁葱葱一片，潮水太平静了，坐在船里都感受不到水波的流动。岸边的花朵隐隐约约，就像不断地在盛开又落下，江水之上的鸟儿，时而钻入水中，时

而浮出水面。“羁望伤千里，长歌遣四愁。”这样的风景下，诗人还是伤感于自己羁旅的身世，愁上心来，只能放声歌唱，抒发自己郁闷的心情。

不知作此诗的马周是在不得志之时，还是已被太宗重用期间，不论怎样，忧愁的情怀似乎更多来自自己羁旅千里的孤独和劳累。虽不能同感于诗人的伤怀，画者还是被凌朝浮江的春景吸引，想见在微凉的空气中，站在浮舟之上，旭日初升，远眺青山，红花隐现，飞鸟沉浮，那时一定有着超越一切俗尘的美学体验。求而不得，粗笔草草，以得意一二。

题都城南庄

崔护

去年今日此门中，
人面桃花相映红。
人面不知何处去，
桃花依旧笑春风。

去年春日的今天，在这户庭院我见到了那位姑娘，美丽的面庞和新绽的桃花互相映衬，分外红润。今日再来此处，姑娘已无芳踪，不知去向何处，只有桃花依旧在春风中含笑怒放。

胜日寻芳，寻的不仅仅是春芳，还有人。一向认为《题都城南庄》蕴含丰富，其“遇人不珍、寻人不再”的模式更是开启无数文学想象的大门。“落花犹在，香屏空掩，人面知何处？”“纵收香藏镜，他年重到，人面桃花在否？”桃花在人们心里成为寻而不得的象征，无论是“桃花潭水深入千尺”，还是“桃花源欲寻无踪”，抑或“桃花一簇遍开无主”，桃花的存在总是带着无穷的意味。

“去年今日此门中，人面桃花相映红。”去年也是今日，此门此院此人，眼前的人与花交相呼应，不知是花在人更美，还是人美花才艳。也是如此，无甚了了。“人面不知何处去，桃花依旧笑春风。”今年也是今日，此门此院此人，眼前无人只有花，方知无人花空艳，心中惆怅亦枉然。人永远是最重要的。有人，花美院落深，无人，珍馐无味，华服无光，因爱人，才有一句顶千言、招致杀身之祸的“年年岁岁花相似，岁岁年年人不同”。爱此诗正因其浓厚的人本思想。

爱此诗，还爱其中独特的时空观。“今年花落颜色改，明年花开复谁在？”“古人无复洛城东，今人还对落花风。”人为百代之过客，古往

今来，生杀抢掠，人类总认为自己是万物之主，殊不知，人生如寄，来往更迭，只有天地才亘古不变，纵使人面求不得，桃花依然在春风中含笑。

画事间，总不免思索，肉身凡胎总有时，有常之时尚且短暂，更何况无常之时，如此羸弱之躯可堪我们赋予最大的情感和最深的努力？譬如崔护，索性只寻那桃花，起码能得今年欢笑复明年。纵使遇到下雨天，也还有“桃红复含宿雨”，纵使人间繁花开尽，总还可找到“山寺桃花始盛开”。复又想，人身，花草，山川，天地，相较长短，总也有五十步笑百步之嫌。人若百年，何管桃花千年山壑万年。索性随波逐流，爱人爱山爱水，有始有终，有起有落，有行有止，一念休便万事足，听从安排矣。

贼平后送人北归

司空曙

世乱同南去，
时清独北还。
他乡生白发，
旧国见青山。
晓月过残垒，
繁星宿故关。
寒禽与衰草，
处处伴愁颜。

战乱时我们一同逃到南方，时局稳定后却只有你独自北归家园。流落他乡的我们早生白发，战后的家乡也只剩青山。披星戴月赶路，清晨的月光下你能经过许多残破的营垒，夜里繁星的陪伴中你露宿荒凉的关口。寒冬枯寂，只有随处可见的禽鸟和干草伴着你发愁的面容。

唐代宗公元763年正月，叛军逃亡，“安史之乱”被平定。北归，“安史之乱”时诗人避难到南方，战乱结束后送友人北归。苗发在《送司马署之苏州》中写道：“归国人皆久，移家君独迟。”可见其在外留滞之久。司空曙为“大历十才子”之一，这个群体的诗歌在气格上略输盛唐诗人，想来也能理解，面对被战争摧毁的社会以及黑暗的政治环境，知识分子的心情自然没有那么畅快。因此司空曙的诗多为酬赠之作，多描写离愁别绪和对友人的关切。

“世乱同南去，时清独北还。”乱世之际一起南下避难，战事结束只能让你自己北归。“他乡生白发，旧国见青山。”离乡背井，冗长的战乱让人愁白了头发。回到故乡，田园庐舍一定都被毁掉了，也只有青山还如故。这种人与自然的色彩的对比写法在《喜外弟卢纶见宿》中也有：“雨中黄叶树，灯下白头人。”人和环境的相互映衬更见伤怀。“晓月过残垒，繁星宿故关。寒禽与衰草，处处伴愁颜。”起早贪黑行路，晓月繁星为伴，穿梭在断壁颓垣之间，一切繁华被战火尽毁。没有诗人的陪伴，友人面对这

满目疮痍，也只有寒禽衰草看着他的愁颜。

太平盛世中离别尚令人感怀，更何况是战乱烟火后。虽不知司空究竟为何不北归，但见他对友人前路的判断，不禁断言莫非也是怕见这人情万事皆毁但寒烟衰草却在，抑或是多年离乡已认新乡为旧乡，无意回朝？有时想起古人，往往嗟叹他们被社会、战争、人事围困在难解之境的无奈，但回想，今人又何尝不是？古往今来，人的命运常囿于环境无法自主，似并无新事。再观画中之人，悲悲切切，互为嘱托，然后前行者应付战火后的残山剩水，留守者面对自己生活的一地鸡毛和对故土的思念，各自游走，互相无能为力，也便罢了。

寻陆鸿渐不遇

皎然

移家虽带郭，
野径入桑麻。
近种篱边菊，
秋来未著花。
叩门无犬吠，
欲去问西家。
报道山中去，
归时每日斜。

他把家搬到了城郭一带，通向桑麻的乡间小路边。身边的篱笆院里种上了菊花，已是秋天却尚未开放。敲门并无犬吠来应答，只能去西边邻居那里打听情况。邻人说他去了山里，总是到斜阳照西山时才回来。

僧皎然实为谢家之宝树，为南朝宋谢灵运十世孙，皎然为其出家后的法号。他在诗论、佛学及茶道方面有很深厚的造诣，本诗所寻陆鸿渐乃《茶经》的作者陆羽。事实上陆羽是在皎然的资助和教导下才完成他的研究和著述的，可以说真正的茶圣其实是陆羽身后的皎然。除了对茶学的钻研，皎然还有很深厚的诗学修养，著有《诗式》和《诗议》两本诗歌论述。他也写诗，其诗风格简单自然，隽永恬淡，并无故作玄虚的禅机和隐喻，但其实这反而能体现皎然的佛学修养。如本诗《寻陆鸿渐不遇》中，其实“不遇”诗有很多，大多表达“不遇”甚至好于“遇到”，而寻陆羽之“不遇”，即为“不遇”本身，把无限的趣味留给读诗之人自己去感受。

“移家虽带郭，野径入桑麻。近种篱边菊，秋来未著花。”既是与茶作伴，必不居于闹市。乔迁之处在城外，沿着野外的小路一直走，看到桑麻的地方便是。篱笆院内种了菊花，如今虽是秋天却未见其花。于此时无花自有一番格外悠长的气息。“叩门无犬吠，欲去问西家。报道山中去，归时每日斜。”敲门无人应答，也没

有犬吠，其实说明了陆羽生活之简单，于是便只能去西边邻家询问，结果被告知陆羽去了山中，常要到太阳西下的时候才回来。这样看来，诗人此行确实遇不到想见之人了。诗意简单，却透露出一种朴素。世外高人不用故作姿态，居处可能无菊、无仆、无犬，却在这种无中透着陆羽的幽僻高雅。也难怪，陆羽是在寺庙中长大，又被皎然的妙喜禅寺收留，自然身上带有一些佛家弟子的空灵。

皎然与陆羽，亦师亦友，诗中虽为“不遇”，却透出二人的深厚的感情。想必朋友间共同感兴趣的茶道事业，相伴一生，也是一种幸运。一日翻阅，在孟郊的《东野文集》中有陆羽晚年对皎然友情的追忆诗，应该也算陆羽对这位人生挚友的回答：

万木萧疏春节深，
野服浸寒瑟瑟身。
杼山已作冬令意，
风雨谁登三癸亭。
禅隐初从皎然僧，
斋堂时谥助茶馨。
十载别离成永诀，
归来黄叶蔽师坟。

贫女

秦韬玉

蓬门未识绮罗香，
拟托良媒益自伤。
谁爱风流高格调，
共怜时世俭梳妆。
敢将十指夸针巧，
不把双眉斗画长。
苦恨年年压金线，
为他人作嫁衣裳。

我是贫苦人家的女儿，从来没有穿过华丽的衣服，想要找一个好媒人给自己说亲，却没有嫁妆，越发悲伤。谁能欣赏我的高格调呢，人们爱慕的是当下最流行的俭妆。我敢在人们面前夸口，说我有十指灵巧针线精美，但从来不用它们来涂脂抹粉与别人争短长。只是深痛恨年年手里拿着金线刺绣，都是在为别人做出嫁的衣服。

唐朝诗歌有不少描写“贫女”的，但多数是以贫女之遭遇体现社会情况，或者反映作者自己的境遇，抒发诗人自己的志向。这首诗也不例外，也是语意双关。全篇可见一个未嫁贫女在独白，倾诉自己的遭遇，而同时诗人也在一旁抒发自己的怀才不遇。

“蓬门未识绮罗香，拟托良媒益自伤。”荆钗布裙是穷困人家姑娘的衣着，从未穿过绫罗绸缎，虽然已是待嫁之年，却没有媒人前来问津，想要自己请人做媒，却疑虑重重，原因是“谁爱风流高格调，共怜时世俭梳妆”。我虽然有高尚的情操，但是现在没有人欣赏，人们都喜欢时兴的时装。此时我们仿佛在看到诗人在借贫女之口诉说自己的苦恼：我情操高尚，却没有得到认可。想要找人举荐，又怕自己的“不遇”不是没有机会，而是因为确实无法迎合当权者心意。

“敢将十指夸针巧，不把双眉斗画长。苦恨年年压金线，为他人作嫁衣裳。”我自恃一双巧

貧女

手，针凿出众，而不会迎合流俗，描眉画眼，去同别人争妍斗丽。这是诗人在表白自己的心意：我自有才华，但是自安命薄，不会为了成名入仕去迎合俗世的文风。“苦恨年年压金线，为他人作嫁衣裳！”贫女每天要压线刺绣，都是在为别人做出嫁的衣裳，而寒门贫士也不过是为上司捉刀献策，为上司铺设仕途之路而已。

题为贫女，实为贫士，境况虽差，但志气不改，才华得用，也不过“徒供藉人作进阶”而已。

诗人秦韬玉虽留诗不多，但语言清雅，意境浑然，可见才华确是出类拔萃，不愧于“敢将十指夸针巧”，但在仕途上累举不第，可能是写作文章与时兴的“俭梳妆”文风不和，但又坚持自己，不与世俗同流合污，“不把双眉斗画长”。只是直至到诗人谄附宦官，又随僖宗入蜀，被赐进士及第，编入春榜，擢升多职，甚至被时人戏为“巧宦”，《贫女》之誓，可能早就抛诸脑后了吧。既“画双眉斗画长”，又甘愿“为他人作嫁衣裳”，不知是时事的无奈，还是他个人的无奈。罢了。

独不见

沈佺期

卢家少妇郁金堂，
海燕双栖玳瑁梁。
九月寒砧催木叶，
十年征戍忆辽阳。
白狼河北音书断，
丹凤城南秋夜长。
谁谓含愁独不见，
更教明月照流黄。

卢家少妇居住在以郁金香浸洒和泥涂壁的房间里，海燕归来，成双成对地栖息在用玳瑁装饰的屋梁之上。秋九月，寒风中捣衣声声，催落树上的枯叶，丈夫远征戍守辽阳十年，日日牵挂思念不已。白狼河北，音信全部被阻断，独自幽居长安城南，秋夜显得格外绵长。我到底是为了哪一位思而不得见的人满怀哀愁啊，还要面对明亮的月光照在我的帏帐之上？

“滴不尽相思血泪抛红豆，开不完春柳春花满画楼。睡不稳纱窗风雨黄昏后，忘不了新愁与旧愁。”曹雪芹《红豆词》说出了古往今来相思女子的心声，尤其是当女子的相思对象是为了戍守边疆而离开时，尤其让人不得不反思造成这种妻离子散的社会现象的原因。从某种意义上说，闺怨诗和边塞诗倒是在抨击战乱社会上起到珠联璧合的效果。与宋之问齐名的沈佺期这首《独不见》用了乐府古题“独不见”，郭茂倩《乐府诗集》解题云：“独不见，伤思而不得见也。”同时也代表了一种“伤而不见”母题的传承。

“卢家少妇郁金堂，海燕双栖玳瑁梁。”开篇就是一幅富丽堂皇的住宅景象，这样的富贵之家会有什么样的忧愁呢。“九月寒砧催木叶，十年征戍忆辽阳。”窗外西风不论不管你是金堂还是柴门，萧索之音无孔不入，就连劳作的捣衣声和落叶声也一并入耳。又有新妇为征夫准备冬衣，这让少妇不禁想起自家夫婿远戍辽阳，

已是十载。“白狼河北音书断，丹凤城南秋夜长。”长安辽阳路途遥远，音书相隔，这样的未知让这个忧思的秋夜变得更长。“谁谓含愁独不见，更教明月照流黄。”想见而不得就够令人悲伤了，偏偏明月还要照到床帏让这个屋子更加空旷。

历代对本诗评价甚高，多是从文学造诣角度而赞。其实又题《古意呈补阙乔知之》，可知是写给时任补阙的乔知之，不知是不是为了劝诫战争而作。只是今人看来，妇人命运多等待，即便是大户人家的女儿仍然要被纠缠在离愁别绪中，即便是为了保卫国家边疆这样政治上无比正确的原因。可回头想想，谁又不是呢。古来圣贤皆寂寞，恐怕“寂寞”才是人类永恒的主题吧。

崔九欲往南山马上口号与别

裴迪

归山深浅去，
须尽丘壑美。
莫学武陵人，
暂游桃源里。

归隐山林，不论入山深浅，都应该尽情地赏玩山峦沟壑的清净秀美。千万不要像陶渊明笔下的那个武陵人，只在桃花源浅尝辄止，匆匆出山。

未见崔九之诗，然而崔九却是唐诗中的常客。崔九，即崔兴宗崔涤，兄弟中排行第九，中书令崔湜之弟，“诗佛”王维妻弟及好友。玄宗时，曾为右补阙，任殿中监，出入禁中，得玄宗宠。在《江南逢李龟年》“岐王宅里寻常见，崔九堂前几度闻”中可见崔九和岐王差不多尊贵，也经常在家里宴请达官贵人，歌舞欢醉。可是这样的生活也不长，玄宗后期任用奸相李林甫，专宠杨贵妃，政治黑暗，崔九也萌生退意，去官归隐。早年裴迪、王维就经常与之唱和，惺惺相惜，此时裴迪便作下本诗，为好友饯行。

崔九归隐的南山是辋川南边的终南山，终南山不算很大，但却是道教的发源地，多有隐士居住。“归山深浅去，须尽丘壑美。”回到终南山里，不论入山深浅，都要尽情赏玩山川的秀丽。其实“深浅”本身应该还指崔九隐居的程度，离开了官场世俗，回到山间。入山深则是能借此机会专注修为，沉浸在自然中，更好的涤荡自己的内心。而入山浅则是单方面欣赏山林的一石一木，领略山间美景。“莫学武陵人，暂游桃源里。”桃花源是文人心里永远的向往，在那里没有攀比，“黄发垂髫，并怡然自乐”，那里没有政治，“乃不知有汉，无论魏晋”。

然而武陵人舍弃不掉尘世俗物，离开了桃源，之后便再也无处寻觅：“不复得路”“未果”“无问津”。这对于渴望能逃离令人失望的社会现实的文人来说，桃源不仅是难以寻见，更是离开就再也找不到的美好之所。在裴迪心中，崔九本次离开朝廷回到终南山也是对桃源的寻找，希望崔九能安心归隐，如能在山中找到内心平静的真谛，就不应该再被俗世所牵累，而应尽情享受山林的真趣。

古人的入仕与出世总是充满了仪式感，是对人生的一种选择。画者往往在深入山林写生之余，望入山间，不免产生“归隐于此可否”的想法，却感觉即便居于此，心也不会真的入山。可能对于现代人来说，归隐这个行为本身就是一个桃源般的存在，你越接近，它只会越逃离。

晚次鄂州

卢纶

云开远见汉阳城，
犹是孤帆一日程。
估客昼眠知浪静，
舟人夜语觉潮生。
三湘愁鬓逢秋色，
万里归心对月明。
旧业已随征战尽，
更堪江上鼓鼙声。

云雾散开，远远地能看到汉阳城，孤舟漂流，还有一天的行程要走。船上的商人们白天睡觉，因为那时风平浪静，夜晚潮水暴涨，船家相呼，众声杂作。鬓发斑白，与三湘的秋色交相辉映，离家万里，一片回乡的心意只能对着明月表白。过去的旧家业已经被战乱毁尽，江上传来的鼓角声更让人难以承受。

严羽《沧浪诗话》说："唐人好诗，多是征戍、迁谪、行旅、离别之作，往往能感动激发人意。"所谓诗意，也正是诗中激发起人意的部分。卢纶此诗，写在"安史之乱"后，描绘了战乱风波中漂泊的伤感。描画细节，直抒胸臆，而非从民族国家的角度来说，反而更能激起共鸣。

诗人在去湖南的途中，由江西溯长江而上，经过鄂州，停靠一晚。"云开远见汉阳城，犹是孤帆一日程。"浓雾散尽，江天月明，举目远望，依稀可见远处的汉阳城。虽然极目可见，要真的到达还需要孤舟一天的行程才能到。"估客昼眠知浪静，舟人夜语觉潮生。"白天江平水静，商人倚窗观景，不觉酣然入梦。半夜忽听得船夫相唤，加缆扣舷才知道原来是潮水上涨。羁旅途中，每天能够发生的事情也只有这些琐碎的小事。"三湘愁鬓逢秋色，万里归心对月明。"寒秋似乎总与失意人为伴，正是两鬓斑白无限惆怅，三湘的秋色却给这情绪更添伤感。三湘不是吾乡，吾乡在万里之外。没有归期，异乡

异客也只能把这思念与明月倾诉。“旧业已随征战尽，更堪江上鼓鼙声。”不是有家不回，而是田园家计都已经被战争摧毁，此时从江上传来的战鼓阵阵更让人愁上加愁。家之不家，国之不国，过去的家业被摧毁，未来在战火中更是无处寻觅。

“安史之乱”制造了太多的逃难者，而常年的战火更让人心中感到漂泊无依。抛去宏观叙事的《晚次鄂州》里充满了太多细节，一丝一毫总关情。

枫桥夜泊

张继

月落乌啼霜满天，
江枫渔火对愁眠。
姑苏城外寒山寺，
夜半钟声到客船。

月已沉沉落下，乌鸦仍在号啼，寒气盈盈，充满天际，对着江边的枫树和船上渔火我伴着忧愁入眠。寒山寺在姑苏城外，此时打起半夜钟，声音渺渺传到我乘坐的船边。

《枫桥夜泊》是首非常“唐朝”的诗。“唐朝”之处在于，首先它写于唐朝最大事件“安史之乱”后，无一字着力诗歌背景，却处处传达“安史之乱”后的人心所感。另外唐朝因运河修建，坐船成为一种很常见的交通方式，而唐诗中很多讲述了游船泊船的事，本诗也是描述夜晚停在枫桥边的经历。还有唐朝因经济、文化高度发达，思想上儒释道得到了较大的融合，唐诗中也随处可见道法和佛法的意蕴，而本诗中最鲜明的诗意就体现在半夜钟声中。所以要说有哪首诗能代表整个唐朝，首选《枫桥夜泊》。

“安史之乱”后诗人到江南躲避战火，途径寒山寺，将船停泊在枫桥旁过夜。“月落乌啼霜满天，江枫渔火对愁眠。”或因羁旅思乡，或因担心时局，诗人此夜因愁而难以入眠。看着残月渐渐落下，周边乌鸦却还在啼叫。雾气沉重，看去仿佛是漫天飞霜。江边枫树和渔火闪闪多多少少还能给眼前带来一点温暖的色彩。“姑苏城外寒山寺，夜半钟声到客船。”无边的哀愁之中，诗人不是一味沉沦，而是有所解脱，这就是寒山寺的钟声。寒山夜钟不仅给整个画面增加了一丝禅意，更多的是一个提醒：战乱带给人们生活的影响是无处不在的，但若只是无边

地陷入对社会的无能为力中，则于事无补，也许每个人都要寻找一个救赎之法。

唐人高仲武评张继之诗："事理双切""比兴深矣""不雕而自饰，丰姿清迥，有道者风"。诚然，描绘了枫桥夜泊，其中的一静一动，一桥一船，一寺一人，不经矫饰，却丰姿充盈，意象的描绘之外更是传达了丝丝缕缕的隽永杂感。宋人孙觌亦有《过枫桥寺》诗："白首重来一梦中，青山不改旧时容。乌啼月落桥边寺，倚枕犹闻半夜钟。"也在回顾寒山夜钟。画者也不禁想去寒山外，枫桥边，体会那一丝微寒与闲愁，以及会永远回响在我们心间的钟声。

金缕衣

杜秋娘

劝君莫惜金缕衣，
劝君惜取少年时。
花开堪折直须折，
莫待无花空折枝。

劝你不要看重昂贵的金缕衣，我劝你珍惜你的青春少年时光。花开时分，适合摘取，就要折下，不然等到花谢，即便折取，也是无花之枝。

《金缕衣》由杜秋娘唱和出名，成为唐诗中劝诫诗的典范。“劝君莫惜金缕衣，劝君惜取少年时。”两个由同样句式“劝君”开头的句子，在重复中阐述了“一寸光阴一寸金，寸金难买寸光阴”的道理。对于年轻人来说，似乎年轻奋斗，就是为了换得钱财名利，可是往往得到之时，却发现好时光一去不复返。而对古代的读书人来说，就是“读书不觉春已深”，不舍时光去读书，往往为了考取功名，有人为得钱财，有人为报效国家，有人为天地苍生，无论成功与否，都是拿青春换取。见幸于李锜，得宠于宪宗，又调教皇子李凑的杜秋娘，不知道她在辅佐君王重臣的时候，是不是也在拿这句歌激励着他们。

“花开堪折直须折，莫待无花空折枝。”正可谓“盛年不重来，一日难再晨”，时间一旦过去，就不会再回去。不知秋娘为何意，是为这春意盎然，应及时行乐，免得青春逝去，无花在手。还是趁花开娇艳，及时敷粉，便是花落之时，也是结实之日，折枝也有果实在。

杜秋娘，作为出身卑微的女子，能到辅佐君王、左右政事的地位，可谓花开堪折直须折。“杜秋，金陵女也。年十五，为李锜妾。后锜叛

灭，籍之入宫，有宠于景陵。穆宗即位，命秋为皇子傅姆。皇子壮，封漳王。郑注用事，诬丞相欲去己者，指王为根。王被罪废削，秋因赐归故乡。予过金陵，感其穷且老，为之赋诗。”（杜甫《杜秋娘诗序》）作为一个勇于把握自己人生的女子，命途辗转，被时事颠簸，少年得志，老年狼狈，不由让人感慨命运和时局的诡谲、个人命运的无常。

时时望见那个画中不舍昼夜读书的年轻人，如画者应题，该是一首怎样的《金缕衣》？

除夜有怀

崔涂

迢递三巴路，
羁危万里身。
乱山残雪夜，
孤烛异乡人。
渐与骨肉远，
转于僮仆亲。
那堪正飘泊，
明日岁华新。

巴郡、巴东、巴西，我跋涉在这道路崎岖又遥远的三巴路上，我客居在万里以外的艰险之地。山峦错落，残雪映夜，孤灯伴随着我这个异乡异客。与骨肉亲眷，不觉渐离渐远，身边童仆，反而越发亲近。在漂泊中度过除夕，令人难以承受，只有想到明天就是新的一年以自我安慰了。

清人贺裳在《载酒园诗话》评此诗："崔《除夜有感》读之如凉雨凄风飒然而至，此所谓真诗，正不得以晚唐概薄之。按崔此诗尚胜戴叔伦作。戴之'一年将尽夜，万里未归人。寥落悲前事，支离笑此身'已自惨然，此尤觉刻肌砭骨。崔长短律皆以一气斡旋，有若口谈，真得张水部之深者。如'并闻寒雨多因夜，不得乡书又到秋''正逢摇落仍须别，不待登临已合悲'，皆本色语佳者。至《春夕》一篇，又不待言。"此评价可谓得其诗意。

崔涂善音律，其诗百余首，多描述其漂泊生活，情景苍凉，但读来韵律十足，独有一番乐感，却因其乐感，凄楚之感具足。"迢递三巴路，羁危万里身。"蜀道之难难于上青天，三巴之路，山长水远。离乡万里的羁旅之人，想必是疲惫与孤独缠身。"乱山残雪夜，孤烛异乡人。"深山寒雪，万物肃杀，孤单之人越发孤单。与马戴的《灞上秋居》"落叶他乡树，寒灯独夜人"一句异曲同工。"渐与骨肉远，转于僮仆亲。"私以为本句有于无声处听惊雷之感。于

是越着力于此。人本无亲疏远，长处便亲。无论如何呐喊对故乡的思念，唯有认异乡为故乡之时才最悲伤。正如诗人自己所说“病知新事少，老别旧交难”，与骨肉亲人的感情被时间与距离的间隔阻断，此时伤切之感彻骨。“那堪正飘泊，明日岁华新。”一日又将暮，一年看即残。除夕夜的感怀，总是百感交集。眼下离乡背井，客人当亲人，残雪映照，寒夜无情，但总归明日就是新的一年的开始，在难过之余不免产生一丝希望。希望新的一年能带来不一样的生活。有这样的希冀，也算给这无望的生活增加一点救赎，消解掉这无边无际的悲伤。

崔涂之诗，读来畅快，因其爽意的韵律，这也是画者嫉妒之处，所幸尚有笔墨之武器，以期色彩辉映，能与诗歌媲美一番。

月夜

刘方平

更深月色半人家，
北斗阑干南斗斜。
今夜偏知春气暖，
虫声新透绿窗纱。

夜色深沉，月光斜照半边庭院，北斗星辰在天上纵横错落，南斗星西斜。今夜十分意外，感受到了初春暖意，清脆的虫鸣透入绿色窗纱。

刘方平善画，皇甫冉称赞他为“墨妙无前，性生笔先”（《刘方平壁画山》），此句用来形容刘方平的诗歌也恰巧合适。

“更深月色半人家，北斗阑干南斗斜。”即所谓“墨妙无前”。星月西斜，万籁阒寂。月色斜斜地照着半边庭院。抬头仰望，星空璀璨，粒粒可见，错落排在星空中，北斗南斗交相辉映，各自守着一方天空。言语寥寥，却描画出一幅星月夜下乡村人家的图画。语言中的笔墨甚至强过真正的笔墨，就是所谓“言有尽而意无穷”。

“今夜偏知春气暖，虫声新透绿窗纱。”即所谓“性生笔先”。偏偏在这样一个寂静的夜晚感受到了春的讯息，那就是虫子的叫声，透过窗纱传到屋里来。更深夜半，正是温度最低的时候，在这样的时刻，自然没有春的温暖，可诗人能感觉到。正是因为听到了虫子的鸣叫声，因为听到了春的声音，而有暖意，给人置身其中的感觉。“性生笔先”，由虫鸣带来春的信息，诗人敏感地捕捉到了，就像在与虫子对话。人与虫，都是大自然中的性灵之物，也可以自然中的语言交流。

刘方平一生未仕，始终生活在乡村河滨，终日与自然为伴的他作品多田园诗，语言清新

亮丽，别具灵性。塑造的月夜初是静美的，又在万物的安静中透出虫子的声音；月夜本是暗淡的，月光隐隐约约只照半边庭院，亮眼的是空中的星；而偏偏在身边的春意是由人们制作的绿色的窗纱透出。动静皆宜，颜色寡淡却已足够，其间的意蕴自有读者和观者自己体会。

送僧归日本

钱起

上国随缘住，
来途若梦行。
浮天沧海远，
去世法舟轻。
水月通禅寂，
鱼龙听梵声。
唯怜一灯影，
万里眼中明。

你随缘而来，住在中国，来的路途就好像在梦中航行一样。天海浮沉，小船驶去那遥远的边际，归去时感觉超脱了世俗，自然会感受到法舟轻盈。海水清净，海月澄明，就像你的心境一样沉静清寂，海里的鱼龙也来听你的诵经之声。最爱这盏照亮心田的佛灯，航行万里，眼中所有光明永远都是它带来的。

唐朝佛教鼎盛，日本派来的遣唐使里有不少是僧人，钱起本诗就是送给一位归国的日本僧人。“上国随缘住，来途若梦行。”缘起缘灭，佛家对缘的解释可谓最多。这位日本僧人能来唐朝也是缘分的指引。“若梦行”，来的路途上就像在做梦，既能体现缘分的指引，又说明在长时间航行中僧人疲惫、恍惚的状态，可见归途也将一样的艰辛。“浮天沧海远，去世法舟轻。”经过在唐朝学习，日本僧人归国时带着佛法和知识，望向归途，天似穹庐，沧海茫茫，有佛法的庇护，船行更加轻巧，就像是载着众生在苦海中泛舟的佛学那样，保佑着僧人能顺利回到日本把学到的知识传递回去。“水月通禅寂，鱼龙听梵声。”佛教三宝之一的僧人坐在船上诵经，仿佛天上的月亮和船下的海水都在受佛法的照耀，就连水中的鱼和动物都在聆听经文，受其教义。“唯怜一灯影，万里眼中明。”漫漫长路，僧人只有孤灯为伴，然而这一荧灯火并不仅仅是灯影，而是佛理，在无边无际的大海中，照亮了僧人的前路，也照亮了僧

人的心。

“随缘”“法舟”“禅寂”“水月”“梵声”“灯影”，如果说普通的送别诗充满对友人的依依惜别以及对前路的不安全感，送僧归日本则充满佛家术语和浓浓的禅机。读来心中仿佛看见一个在舟上坐禅的僧人的身影。画者搁笔感叹：历史中就是有这么多的求知求真之人的踽踽独行才完成了文化的交流，照亮日本僧人的是舟中灯影，而照亮整个大海面的正是这瘦弱茕茕的僧人的身影。

江乡故人偶集客舍

戴叔伦

天秋月又满，
城阙夜千重。
还作江南会，
翻疑梦里逢。
风枝惊暗鹊，
露草覆寒虫。
羁旅长堪醉，
相留畏晓钟。

秋月又一次盈满，城中的夜色深沉凝重。在京城竟然能像和在江南一般团聚，反而让人怀疑这次相见是在梦中。晚风吹动了树枝，惊扰了栖宿的乌鹊，秋草披满霜露，掩映着秋天最后的虫豸。漂泊在外，不得不以醉酒排遣愁闷，留你长饮叙旧，只怕天晓鸣钟催人分离。

乱世之中人们不敢期许过多，戴叔伦此诗中处处小心翼翼，生怕将这短暂的美好也失去。这样的心态反而比直接描写乱世诸景更让人触动。诗人在江南入幕期间经常要出外办事，在一个旅店中偶然遇见离别多年的同乡旧识，于是相邀畅饮叙旧，这期间情景交融，重逢的喜悦与感怀交织，意味悠长。

“天秋月又满，城阙夜千重。”相逢之日恰好月轮盈满，这样的巧合难怪让人怀疑在梦中发生。重重的夜幕覆盖在京城长安，此时的诗人和故人都是在异乡羁旅之客。“还作江南会，翻疑梦里逢。”相邀聚会，满座环顾，情景就跟过去在江南时一样，充满喜悦。在乱世中能够得到这样的重逢，莫非是在梦里。朝廷紊乱，政事无常，晚唐人们对于幸福的期许也变得极低，有一丝欣喜之事都怀疑是不是真的。“风枝惊暗鹊，露草覆寒虫。”这幸福太过战战兢兢。风吹动树枝惊扰了其中栖息的乌鹊，秋霜如此厚重，冷气侵袭露草也侵袭着深草之中的饮露之虫，肃杀与寒意处处可见，也正是诗人心里的状态。尽管在享受团聚的喜悦，却也心神不

定，不得安稳。这里借用曹操《短歌行》中“月明星稀，乌鹊南飞，绕树三匝，何枝可依？”的意象，也能表明诗人的不安定感。“羁旅长堪醉，相留畏晓钟。”羁旅在外，漂泊无依，游人往往借醉度日。与故人相逢，相留饮酒叙旧，彻夜长谈排遣寂寞，可是又怕听到拂晓时的钟声，那就意味着天亮需要分别。

“江乡故人偶集客舍”这样的名字本来给人以愉悦之感，细读下来却充满对晚唐之人的疼惜。覆巢之下焉有完卵，晚唐的动荡影响了每一个人。当诗中有抱怨和抗争还意味着人们没有失去希望，而幕府中从政之人在享受羁旅中的短暂重逢，还处于噤若寒蝉、战战兢兢的心理状态，可见不安定的日子对每个人产生了多么毁灭性的影响。回到画中，只怕重逢之景易塑，小心之情难抒。

秋日赴阙题潼关驿楼

许浑

红叶晚萧萧，
长亭酒一瓢。
残云归太华，
疏雨过中条。
树色随关迥，
河声入海遥。
帝乡明日到，
犹自梦渔樵。

深秋晚风萧索，吹得枫叶飒飒作响，夜宿潼关驿楼，我坐在十里长亭举杯畅饮。天上的几朵残云向高耸的太华山徐徐飘去，点点疏雨随风洒落在中条山上。树色斑驳，随着潼关山势延绵，伸向远方，河涛汹涌，奔腾不息，流入大海。明天的我就已到达繁华的京城，而现在我仍然在向往渔人樵夫们的闲适逍遥生活。

许浑是晚唐最具影响力的诗人之一，咏叹个人境遇和描写闲适生活的诗歌较多。晚唐政局动荡飘摇，人们对于唐朝知识分子群体里的中坚力量——诗人群体也就期许更多，希望他们的作品中能更多地展现批判和激发向上的力量。因此许浑诗中因为缺乏对现实的自觉和性格的刚健多少留下一些遗憾。但是从艺术的角度来看，仅从文学性上来讲，其诗多用“水”“雨”之类景物构成诗境，倒也自成一派，从而赢得了“许浑千首湿，杜甫一生愁”的评价，其磅礴的水景也为山水画提供了较为充沛的意象。

中国的艺术家总要走到山水当中，所谓胸中自有丘壑，心中建筑山川。“红叶晚萧萧，长亭酒一瓢。”作客风景中，红叶为画纸铺洒基础色彩，长亭把诗人和画者包裹其中，所谓诗中画中也有观众，也即作者本身。“残云归太华，疏雨过中条。”太华在关西，中条在关东，皆数百里而近，居潼关至伟而观左右，水汽充沛。顶有残云入山，中有细雨润石。“树色随关迥，

河声入海遥。”俯瞰低处，深秋树色多彩丰富，随着山势起伏，迤逦而登，河流浩浩荡荡，随着河道万里奔腾，冲向遥远的大海。树和水构成两条充满生机的彩带，为画面增加了动感，充沛的水汽也滋润了诗境与画境。“帝乡明日到，犹自梦渔樵。”觚棱在望，故国在想，渔樵难弃。许浑和唐朝许多其他诗人一样，也是在入朝做官和归隐山间的矛盾中纠缠。尤其是其本性淡泊名利，加上晚唐时局不稳，不免时时产生“不如归去”之想。

潼关越是山川气势，泻宏苍茫，入仕就越缺乏吸引力。恐怕仅仅是画至此，画者也得梦做渔樵了。

寻隐者不遇

贾岛

松下问童子，
言师采药去。
只在此山中，
云深不知处。

苍松下，询问年少的学童，他说师傅已经采药去了。就在这座大山里，云雾缭绕，不知行踪。

贾岛出身贫寒，初落拓为僧，名无本，后还俗，屡举进士不第。因其诗多寒苦之辞，被苏东坡评为“郊寒岛瘦”之“瘦”，其作品题材窄狭，多描写荒凉枯寂之境，也正因此，在之后的许多时代，都可以看到他的影子，有无数失意的文人，将他对人生的苦叹延续下去。正如闻一多在《唐诗杂论》中所说：“贾岛毕竟不是晚唐五代时期的贾岛，而是唐以后各时代共同的贾岛。”也许正是由其诸多“清奇僻苦”的语言积累，使他的《寻隐者不遇》格外超脱闲逸。仅仅用一问一答便展现了一个小世界。

诗人来到深山，在古松下见到了学童，或为在隐者居处，或为林间遇到，皆不知。也不知与隐者是否相识，抑或是否初次拜见。童子回答师傅采药去了。我们可以猜测隐者或许是一位医者。此时诗人并不是扫兴而返，或许是想要自己去寻找隐者。而童子继续告诉他，师傅就在这座山里，在那云深处，我们无从得知。感情逐层深入，有起有伏。如徐增在《而庵说唐诗》中评曰：“夫寻隐者不遇，则不遇而已矣，却把一童子来作波折，妙极！有心寻隐者，何意遇童子，而此童子又恰是所寻隐者之弟子，则隐者可以遇矣。问之，‘言师采药去’，则又可以遇矣……曰‘只在此山中’，‘此山中’见

甚近，‘只在’见不往别处，则又可以遇矣。岛方喜形于色，童子却又云：‘是便是，但此山中云深，卒不知其所在，却往何处去寻？’是隐者终不可遇矣。此诗一遇一不遇，可遇而终不遇，作多少层折！今人每每趁笔直下。古人有云：‘笔扫千军，词流三峡’，误尽后贤，此唐已后所以无诗也。”

“松下问童子”，随意相问，满怀期待；“言师采药去”，答非所欲，颇为扫兴；“只在此山中”，似乎是有迹可循，或又产生了亲自去寻觅的想法；“云深不知处”，彻底放弃，寻隐者不得了。层次分明，一波三折。而随着对事件的描述，问者与答者的背景也徐徐展开。深山的青翠中隐含无限生机，正是隐士长居之所。古松挺立，郁郁葱葱，未见其人仿佛已得其超拔的气质。悠悠白云，与山与松的青色相得益彰，浓淡相宜。隐者采药于深邃杳霭的云朵之中，清雅寡淡，却又无从捉摸。青白色的调子不留一丝烟火痕迹，仿佛访者、童子也都沾染了隐者之贤。

只是画者徘徊在描摹近处之语人还是远处不语之人，难以决断。

题鹤林寺僧舍

李涉

终日昏昏醉梦间，
忽闻春尽强登山。
因过竹院逢僧话，
偷得浮生半日闲。

长时间以来昏沉度日，犹在梦间，一天忽然发现春天即将过去，于是便强打精神登山赏景。经过一个种满竹子的寺院，无意中与其中一位僧人攀谈许久，竟然也在这纷乱的生活中暂且得到片刻的清闲。

诗人李涉，曾隐居在庐山香炉峰下，后出山做幕僚。宪宗时被贬为夷陵县令，在陕州困顿失意十年。后来遇朝廷大赦，得放还回到洛阳，营建草堂，隐居在嵩山少室山中，沉醉酒乡，少与人往来。大和年间由丞相推荐被征召为太学博士，他退休去世后，妻子也出家为尼。

观李涉诗，多与僧道往来，诗歌也多题于寺庙，可能跟他归隐的生活有关，也可能与他的失意有关。诗中内容有关僧，而并无禅意，佛家三宝也只“涉”及“僧宝”的一步，由僧的启发而对自己的“入世”思想进行修正，可见诗人的儒家思想还是很深的。在流放期间，他意志极为消沉，可谓是“终日昏昏醉梦间”，然而在“忽闻春尽强登山”的过程中，遇到了竹院中的一位僧人，闲聊中化解了苦闷的心情，于是欣然题诗于寺院墙壁之上，以抒发其内心“偷得浮生半日闲”之感慨。

李涉的诗中，常有几个意象，想来，如果缺少便无法构成李涉诗意：

寺

寺庙应该是李涉最爱去的地方了，仅仅在

在题目上能体现寺庙的诗便有十几首：《题鹤林寺僧舍》《题涧饮寺》《题开圣寺》《题善光寺》《题宣化寺道光上人居》《游西林寺》《湘妃庙》《再谪夷陵题长乐寺》《早春霁后发头陀寺寄院中》《题招隐寺即戴颙旧宅》《头陀寺看竹》《再游头陀寺》《过招隐寺》《双峰寺得舍弟书》，等等。其中“头陀寺”游完，还有再游，可谓爱寺极深。

竹

李涉独爱竹，在鹤林寺也是由竹院吸引，从而有缘遇到高僧；日常生活在竹中（“竹里编茅倚石根，竹茎疏处见前村”）；为了有竹而搬家（“从来爱物多成癖，辛苦移家为竹林”）；因为竹而喜欢一个地方（“只去都门十里强，竹阴流水绕回廊”“望水寻山二里馀，竹林斜到地仙居”）。苏东坡爱李涉，可能缘于他们都喜欢竹子吧，李涉“竹院逢僧”处也成了苏东坡在南山最留恋的地方，他在那建起了“苏公竹院”，也算是他所做的“与古人意会”了。

僧

李涉认为“释道”二宗可以通达作为隐士的自己（“不似本宗疏二教，许过云壑访潜夫”），想要做僧人的想法时不时会出现（“当时谪宦向夷陵，愿得身闲便作僧”），遁入空门的想法时不时会出现（“十地初心在此身，水能生月即离尘”“待送妻儿下山了，便随云水一生休”）。终其一生，李涉时时也能从和尚处得到启发（“常思和尚当时语，衣钵留将与此人”）。受他影响，他妻子也曾入道（“纵使空门再相见，还如秋月水中看”）。

“寺、竹、僧”可谓是围绕在李涉的生活中，甚至可以说，构成了李涉的生活，如此，若为图卷，有寺，有竹，有僧，便足矣。

春江花月夜

张若虚

春江潮水连海平，
海上明月共潮生。
滟滟随波千万里，
何处春江无月明！
江流宛转绕芳甸，
月照花林皆似霰；
空里流霜不觉飞，
汀上白沙看不见。
江天一色无纤尘，
皎皎空中孤月轮。
江畔何人初见月？
江月何年初照人？
人生代代无穷已，
江月年年望相似。
不知江月待何人，
但见长江送流水。
白云一片去悠悠，
青枫浦上不胜愁。
谁家今夜扁舟子？
何处相思明月楼？
可怜楼上月徘徊，
应照离人妆镜台。
玉户帘中卷不去，
捣衣砧上拂还来。
此时相望不相闻，
愿逐月华流照君。
鸿雁长飞光不度，
鱼龙潜跃水成文。
昨夜闲潭梦落花，
可怜春半不还家。
江水流春去欲尽，
江潭落月复西斜。
斜月沉沉藏海雾，
碣石潇湘无限路。
不知乘月几人归，
落月摇情满江树。

春天江潮水势浩荡，与大海齐平，一轮明月好像是与潮水一起涌出的那样，从海上升起。粼粼的波光延绵千万里，江水所到之处都映射着明亮月光。江水曲曲折折围绕着长满了花朵的郊野，月光照射着花林就像细蒙蒙的水珠在闪烁。月色在空气中，就像笼罩着一层浓霜，只是不像霜一般飞扬，洲上的白沙和月色融合在一起，分辨不出彼此。江水、天空融为一色，没有一点微小的灰尘，清朗的天空中只有一轮孤月高悬。江边上什么人最初看见月亮，而江边的月亮哪年初次照耀到人？人类一代一代没有穷尽，只有江边的月亮每年都很相像。不知江上的月亮在等待什么人，只能看到长江“送着”流水淙淙。游子就像一片片的白云，缓缓离去，只有思妇在离别的青枫浦上不胜哀愁。今夜的江上船中是谁家的游子？人们又是在何处明月照耀的高楼上相思？月光偏照闺楼，徘徊不去，照耀着分离之人的梳妆台。月光照进珠帘里，卷不走，照在捣衣砧，拂不掉。此时我们共望月光而无法相见，只

好依托明月遥寄相思之情。鸿雁远飞，飞不出月的光影，鱼儿跃动，只能徒增阵阵波纹。昨夜梦见花落幽潭，春光将老，人还远隔天涯。江水带着春光，春光将要流尽，水潭映照月光，月光又要西落。斜月缓缓下沉，藏进海雾里，碣石临海，潇湘伴水，天各一方，距离遥远。不知有几人能趁着月色回家，只有缓缓落下的月亮，和摇荡着的离情，满了江边的树林。

春、江、花、月、夜，交相呼应，幽美邈远、惝恍迷离。春意浓郁有时尽，江水逝去亘古恒，花颜短暂，月光无影，流遍大地，这一切都在悠茫的月色中映带而出。依稀人影，了不清的离愁别绪，也只好与这渺然的月影共徘徊。

望月怀远

张九龄

海上生明月，
天涯共此时。
情人怨遥夜，
竟夕起相思。
灭烛怜光满，
披衣觉露滋。
不堪盈手赠，
还寝梦佳期。

海面苍茫，升起一轮皎洁的明月，我们相隔天涯，此时却在共赏月光。多情的人们都会怨恨这月夜漫长，整夜无眠相互思念。熄灭烛光，为的是能看到心爱的月光洒满整个屋子，披衣徘徊，却感夜露微凉。月色虽好，却无法捧手赠与你，只希望能够跟你相见在梦乡，共度这美好时光。

开元二十四年（736）张九龄因受奸相李林甫诽谤排挤遭贬任荆州长史期间所作。张九龄的仕途之路也是起起落落，初唐虽盛，但政治局势很不稳定，作为一个一身正气的谏官，多次被贬，也三次入京，最后一次被贬荆州之后，张九龄忧愤交集："每读韩非《孤愤》，涕泣沾襟"（徐浩《张公神道碑》）。这一时期他还有《感遇》十二首，均以芳草美人的意象表露心迹，诗中尽显张九龄的风度与风骨，而回看《望月怀远》，除了有其"雅正冲淡"的风格，还有一番恢弘的意象和淡然的心态。

《望月怀远》，望的是眼下的月色，想的却是远方的人。"海上生明月"，短短五字就描绘出一幅高华雄浑的气象，"天涯共此时"与谢庄《月赋》中的"隔千里兮共明月"，和苏轼《水调歌头·明月几时有》里"但愿人长久，千里共婵娟"共情。夜半更深，能给诗人一点安慰的可能就是这月色了，而月色能够让天涯之人共享也正是由于它从海上升起，极为高远吧。

长夜漫漫，对有情的相思人来说，是最难

熬的，从月生到月落，久不能寐，此时能埋怨的，恐怕也只有月夜之长。不能成眠，诗人“灭烛”“披衣”走出院落，眼看着被月光铺满的一切，享受着微凉的露水打湿衣裳的滋润。月华如皎，不仅洒满庭院，也落到诗人的身上、手中，想要把月光握在手心送给你，却无法做到，不如还是回到梦中，在那里才能与你共度美好的时光啊。这里暗用陆机“照之有余辉，揽之不盈手”两句诗意，和《感遇》一样，“体合《风》《骚》，骎骎乎盛唐矣”（《唐诗品汇》）。

《望月怀远》，有海月之气象，有相思之悲情，还有承认不堪的淡然。有冲淡雅正，也有暗合晋人之高古。意象简而意味浓，画者往往也想入梦，以期与诗人共佳期。

次北固山下

王湾

客路青山外，
行舟绿水前。
潮平两岸阔，
风正一帆悬。
海日生残夜，
江春入旧年。
乡书何处达？
归雁洛阳边。

异客如我，漂泊于青山之外，行舟在绿水之间。潮水涨满，几乎与两岸平齐，水面显得更加宽阔，顺风吹来，一条白帆高悬在山水之间。旭日东升，迫使夜幕渐渐褪尽，就像这江中的春意，不顾还是旧年时分就已经显现。家书既已寄出，要到达何方？北去的大雁啊，请将她们带到洛阳的岸边。

《次北固山下》本身就是一幅山水画卷。在唐人殷璠选入《河岳英灵集》时题为《江南意》，但本诗异文："南国多新意，东行伺早天。潮平两岸失，风正一帆悬。海日生残夜，江春入旧年。从来观气象，唯向此中偏。"王湾是洛阳人，所以自然希望他的乡书寄达洛阳，其一生"常往来吴楚间"。异文的"南国多新意，东行伺早天"恰恰介绍了此行背景。诗人旅途中路过北固山下，在绿水间四处环顾，春潮涌涨，江水浩渺，江面似乎与岸平齐，也就是异文中的"潮平两岸失"，两岸都仿佛消失了，眼前只有江水，视野也更加宽阔，而此时的船正如常言中的"一帆风顺"，在和风之中，帆就像被悬在空中那样。寥寥四句，就把整个画面构造出来。青山绿水，平野开阔，大江直流，波平浪静。然而此时，只有绿色是不够的，还需要加入别的色彩，"海日生残夜，江春入旧年"，把整个画面的色调提暖，太阳初升暗暗的光，江边的春意，都给这个青绿色的世界带来了粉意。

羁旅在外的诗人岁暮腊残，连夜行舟，看

到本来不免有一些淡淡的哀愁，然而在北固山下，日光透进，在诗人面前缓缓打开一幅与黑夜完全不同的场面，船稳潮平，极目满绿，透着一点春的痕迹，黑夜将尽，白天到来，寒冬将尽，春日到来，旧年将尽，新年到来。日子不停歇，美好会再次降临。在这样积极乐观的感觉下，诗人不禁与远处的飞雁打招呼：我来自洛阳，请你们帮我带个信吧，似乎诗人的乡愁也能通过回归的大雁得到缓解。

月满则亏，花开则败，世间万物最富有希望的莫过冬尽日归的北固山下，在那里，寒夜已闭，春意乍现。

登鹳雀楼

王之涣

白日依山尽，
黄河入海流。
欲穷千里目，
更上一层楼。

白日缓缓走向山峦的尽头，黄河滚滚涌入大海。如果想要看尽千里以外的风景，那就需要再登上一层高楼。

鹳雀楼在唐宋时期就被誉为中州大地的登高胜地，如沈括在《梦溪笔谈》中所说："河中府鹳雀楼三层，前瞻中条，下瞰大河。"楼体高台重檐，黑瓦朱楹，占河山之胜，据柳林之秀，自然有无数文人雅客登临作赋。然而能胜王之涣此诗者寥。《古今诗话》中有评价："河中府鹳雀楼，唐人留诗者极多，唯王之涣、李益、畅当诗最佳。"故我们把对古代鹳雀楼的想象放置在这三者之间。李益笔下的《登鹳雀楼》："鹳雀楼西百尺樯，汀洲云树共茫茫。汉家箫鼓空流水，魏国山河半夕阳。事去千年犹恨速，愁来一日即为长。风烟并起思乡望，远目非春亦自伤。"李益之鹳雀楼已走到颓败的晚唐，登临入目，茫茫渺然，不由让人产生"当时何等汉魏，已剩流水夕阳，人生世间，大抵如斯，迟迟不归我为何事耶？"（金叹圣）之感。而畅当《题鹳雀楼》："迥临飞鸟上，高出世尘间。天势围平野，河流入断山。"则是鹳雀楼上景色的白描。楼高，便只能与飞鸟为伴，出离尘世。而目之所及，也是天与山，河与海，"天势围平野，河流入断山"和王之涣的"白日依山尽，黄河入海流"大抵相同。

王之涣，"慷慨有大略，倜傥有异才"，内心广博而澎湃的他将其所见反映到诗中，自然

都是雄伟苍凉的。在中州见到黄河入海的他，到边塞看到了黄河的另一端：“黄河远上白云间，一片孤城万仞山。”至此，我们仿佛能看到诗人向我们高喊：我望着黄河从天上来，目随它奔腾到海中去。大气磅礴，热情洋溢。

望着画中的诗人，我时时忖度：他在想什么？置身鹳雀楼之高，眼中只有河山。一切细小都变得多余，在这样一个大的空间里，似乎只有一个想法，就是“更上一层楼”，看得更远些。

牡丹

薛涛

去春零落暮春时，
泪湿红笺怨别离。
常恐便同巫峡散，
因何重有武陵期？
传情每向馨香得，
不语还应彼此知。
只欲栏边安枕席，
夜深闲共说相思。

去年暮春时节，牡丹花儿凋零，眼泪打湿了深红的笺纸，怨恨满腹，不想离别。时常担心这样的离别，就像楚襄王和巫山神女梦中幽会那样，分开便不再相聚，如果是这样，为何又让我们像武陵人般邂逅？牡丹花也会传递情意，那就是它散发的芳香，虽然一句话不说，但彼此心灵相通。只希望能够在花栏旁安放下枕席，可以在夜深人静的时候与牡丹花互相吐露相思之情。

薛涛是唐代著名女诗人，少时与父亲流寓成都，八岁能诗，多才多艺，可惜父亲早逝，她与母亲相依为命，十六岁堕入乐籍，四十岁后隐居成都浣花溪，知音律，工诗词，可谓诗林深处的才女。《牡丹》诗是薛涛写给另一位诗人元稹的相思诗。唐人诗歌多闺怨，大多是男性作者描述女子而引发同情的诗，《牡丹》不同，是女子自己写就，感情更加真实，而不是男性作者的自我投射。

牡丹凋零，泪水打湿了笺纸，偏偏此笺纸又是薛涛自制，最宜用来书写倾诉相思的八句律诗。薛涛写诗善于用典，巫山神女，武陵渔人，薛涛之遭遇，更能与之相通吧。

薛涛一生坎坷，本出身于官宦之家，养尊处优，可世事变幻，因为父亲的去世她便沦落为风月场里的歌妓，结识韦皋，受到赏识，甚至被尊为“女校书”，可又因为耿直之气被流放边疆。

邂逅元稹，哪知相逢短暂离别长，最后只剩得“镜花水月”。经历诸多挫折反复，此时的女诗人的相思也变得没有那么不甘。于是只得将情人幻化成牡丹，与牡丹相依为命，也算是一种寄托。浣花溪应该是处美丽的场所，回看另外一位曾在此长居的诗人杜甫，在浣花草堂生活的日子也是杜甫多产而天性充足的时候。

在牡丹旁茕茕独立的薛涛，就像一枝空谷幽兰，不知她寄出的《牡丹》诗篇，是不是能换回元稹一句“花时何处偏相忆，寥落衰红雨后看”。

江楼感旧

赵嘏

独上江楼思渺然，
月光如水水如天。
同来望月人何处，
风影依稀似去年。

登上江边的高楼，我独自一人，思绪纷然渺远，看见月光的流淌，如水一般，潺潺，看见水流地无声，宛如天空一般，悠茫。还记得当时我们一同来望月，而如今你们又在哪里？这江楼水光相接的风景依稀和去年所见一样。

赵嘏的一生是由几年不足道的官场生涯和一段悱恻而无果的爱情组成，可谓没有顺遂的日子，然而他诗名在外，一句“残星几点雁横塞，长笛一声人倚楼”就被杜牧称为“赵倚楼”。不知是不是命运安排给他巨大的诗情恰是以剥夺他向往的功名与家庭生活为代价。

在以诗定乾坤的唐朝，赵嘏可谓“成也诗才，败也诗才”。几年幕府生涯便让他的诗名远扬，甚至传到了宣宗的耳朵里，然而在宣宗看到他《题秦诗》中“徒知六国随斤斧，莫有群儒定是非”时，对他的政治理念产生不满，从而彻底葬送了他的官场生涯。而在家庭生活中，赵嘏也是坎坷多舛，在他求取功名的时候，爱妾被浙帅夺去，后来虽因其“寂寞堂前日又曛，阳台去作不归云。当时闻说沙吒利，今日青娥属使君”之诗，爱妾得以归还，但爱妾仅与赵嘏相处一晚便死去，这段未竟的爱情一直纠缠赵嘏到他离世。

细读赵嘏的诗词，随处可见这样想要而不得的情绪。“江楼感旧”就描述了这样一幅充满感念的画面。“江水”，“高楼”，“寒月”，“孤影”，诗人感怀，念念不忘的是“旧”，旧人与

旧事。诗人望月，天上的月光像脚下的水，而望到水，脚下的水却像苍穹在浮涌，水月交织，迷茫恬静。风景如旧时，人却不知在何方。“同来望月人何处，风影依稀似去年。”这样的惆怅，这样的表达，人们多把此句与崔护的“人面不知何处在，桃花依旧笑春风”相比，而翻看赵嘏诗词，却处处是寻人不得的遗憾，“芳尊有酒无人共，日暮看山还独归”“名高渐少翻飞伴，几度烟霄独去来”“不知别后谁攀折，犹自风流胜舞腰”。如果说崔护之诗主要还是体现世事变迁，是“向外”的，赵嘏此句则更多的是“向内”，是对自己人生的唏嘘。

画及此，也只能揣测，让诗人举头对月，枉自兴诗而已。

题大庾岭北驿

宋之问

阳月南飞雁，
传闻至此回。
我行殊未已，
何日复归来。
江静潮初落，
林昏瘴不开。
明朝望乡处，
应见陇头梅。

到了农历十月的时候，大雁开始了南飞，据说飞到大庾岭，它们也就不再往前走，开始返程了。鸟儿止步，然而我的行程却远远没有结束，远涉岭南，不知何日何时我才能再归来。江面安静，潮水退落，林子里昏暗，瘴气浓重得散不开。待到来日我登上高处向北遥望故乡，或许能看到那山头上初放的红梅。

中宗神龙元年（705）宋之问被贬泷州途经大庾岭北驿，山色苍茫，江水起起落落，想到踏过此岭，就是另一番世界，前程未卜，而回望来时路，迁谪失意，从人生的高峰跌落深谷，诗人心中不免充满酸楚。“阳月南飞雁，传闻至此回。我行殊未已，何日复归来。”以南岭为界，大雁尚可决定自己的去留，而诗人却要继续南下，不舍于北方的家乡，不安于返程的未知。环顾身边：“江静潮初落，林昏瘴不开。”江潮平静，起伏无关于人事，而丛林迷茫，瘴气如烟，未来的一切有如这被笼罩的森林，难以找到一条清晰的道路。“明朝望乡处，应见陇头梅。”化用了诗人陆凯诗：“折梅逢驿使，寄与陇头人。江南何所有，聊赠一枝春。”大庾岭山脉每逢农历十一月，梅花次第开放，又称梅岭，诗人路过之时，正是梅花将要开放的日子，不知盛放的梅花是不是能够给诗人以慰藉，而他可能也将效仿陆凯，折一只梅花赠与亲人，聊表思念。

宋之问虽未生于显赫之家，但父亲及兄弟

皆事文，多才多艺，宋之问自己少年得志，文富辞修，入仕较早，只是由于其政治上趋炎附势，颇为当世人唾弃。初期作为宫廷诗人，写的诗篇多为应制之所，大多歌功颂德，粉饰太平，甚至还出了“因诗杀亲”案。由于他奉承谄媚，卑躬逢迎，被政治的颠簸影响，几次流放，离开陈腐糜烂的宫廷，进入清澈秀丽的水乡之中，宋之问的天性也得到了些许释放，诗中也算有了一些真情实感。

从“但令归有日，不敢恨长沙”到“流芳虽可悦，会自泣长沙”，涤荡了宋之问心灵的，也还是画中的“山川”“幽林”“飞雁”与“陇梅”。

汾上惊秋

苏颋

北风吹白云，
万里渡河汾。
心绪逢摇落，
秋声不可闻。

北风吹卷着白云，我要度过汾河，跋涉万里。心绪惆怅不安，草木摇落凋零，萧索的秋风声啊，再也不想听到了。

苏颋一生为官，最辉煌的时期在开元初期，深得赏识，算是诗人里的政治家。翻看其一生诗作，多是记录事件，或为奉旨而作，或为信手自发而写，皆不见心机，也没有无限要抒发的情感，这与唐代其他不得志的诗人们不同。这似乎印证了平安顺遂的生活激发不起艺术的激情。翻看之余，偶有发现几篇诗作，可见到诗人吝啬地表明心意，《汾上惊秋》便是一首。

相传汉武帝在汾上获黄帝铸造的宝鼎，因祀后土，并渡汾水饮宴赋诗，并作《秋风辞》。唐玄宗听言，便到潞州、晋州，并效仿汉武帝在汾阴祀后土，诗人同行并作《祭汾阴乐章》。在这之后，诗人突然被调离朝廷，出京入蜀，任益州大都督府长史，到开元十三年（725）才又调回长安。外放的两年，是他一生仕履中最感失意的时期，这诗就是这一两年中的一个秋天所作。而正是这段失意，激发了诗人难得的真情。

前两句化用了《秋风辞》的诗意，首句对应《秋风辞》中的“秋风起兮白云飞”，次句对应“泛楼船兮济河汾”，正是暗示汉武帝到汾阴祭后土的历史往事。而后两句中，“摇落”应和宋玉《九辩》中的“悲哉秋之为气也，萧瑟兮草木摇落而变衰”。这里用以指萧瑟天气，也以

喻指自己暮年失意的境遇，“秋声”即北风，其声肃杀，“不可闻”。听了这肃杀之声，只会使愁绪更纷乱，心情更悲伤。全诗虚虚实实，若即若离，按照清代李锳在《诗法易简录》中所说，正是：“弦外之音，实有音在；味外之味，实有味在。所谓含蓄者，固贵其不露，尤贵其能包括也。”作为一个从政多年的政客诗人，即便吐露真情，也不像在野诗人那般直抒胸臆。而古人对历史的隐喻，总是格外敏感，多次暗示汉武帝，也说明他意识到汉唐两代两个盛世皇帝之间有某种相似，仿佛受到历史的某种启示，隐约感到某种忧虑。这种忧虑又不是很确切，所以诗人才如此语焉不详吧。而画者，或许也只能在这种语言的缝隙里窥得一点诗人的真境，试图能描画出一点诗人的忧虑不安与失意。

送杜少府之任蜀州

王勃

城阙辅三秦，
风烟望五津。
与君离别意，
同是宦游人。
海内存知己，
天涯若比邻。
无为在歧路，
儿女共沾巾。

长安四周，由三秦拱卫着，风烟渺渺，遥望蜀川五津。与你离别时分，情真意切，因为你我同是在宦海中沉浮之人。四海之内，只要我们知己连心，纵然远在天涯也如同近邻一般。何必在路口分别时像小儿女那样悲伤泪湿佩巾。

王勃短暂的一生可谓元气淋漓，才华恣意，杜易简称赞他为“王氏三珠树也”之一。写《送杜少府之任蜀州》时，王勃不过十八九岁，经过短暂失败的仕途生涯，宦游在外，并不得志。然而不同于其他的送别诗，本诗不重伤感，更多的是慰勉。

“城阙辅三秦，风烟望五津。”几乎已经完成本画的视觉所需。项羽灭秦之后，分秦之旧地为雍、塞、翟三国，统称“三秦”，“五津”是指蜀中岷江的五大渡口“白华津”“万里津”“江首津”“涉头津”“江南津”，泛指蜀川。站在三秦拱卫的长安城楼，烟雾迷蒙，遥望蜀州，为杜少府送行。开头便波澜壮阔，把视角拉到千里之高。“同是宦游人”表同样宦游异乡的惺惺相惜之情。王勃少年天才，六岁文章。出生在官宦之家，很小便开始干谒文章，求取仕途，本诗写就之时他已经是宦海常客。“海内存知己，天涯若比邻”来源于曹植“丈夫志四海，万里犹比邻”，但是王勃的“海内”“天涯”两词气象更加开阔，这令画者也不由得想把内容画得包举宇内。“无为在歧路，儿女共沾巾。”不同于“望君烟水阔，挥手泪沾巾”，王勃对于

友人的劝说是“无为泪沾巾”。只要保持乐观，互相牵挂，一秦一蜀也可以互相遥望，彼此知心。

本诗开合张弛，气格浑成，句句严谨，却句句脱俗，让人误会王勃作为少年得志未及中年便死去的人生只有鲜衣怒马的洒脱。其实他还有一首《别薛华》，充满离别的苦楚。“无论去与住，俱是梦中人”，完全不似“海内存知己，天涯若比邻”的高阔。这其中不同的滋味，大概只有诗人自己能知道了。

滕王阁

王勃

滕王高阁临江渚，
佩玉鸣鸾罢歌舞。
画栋朝飞南浦云，
珠帘暮卷西山雨。
闲云潭影日悠悠，
物换星移几度秋。
阁中帝子今何在？
槛外长江空自流。

巍然高矗，滕王阁临江而立，佩玉无声，鸾铃寂寂，歌舞偃然。清晨，画栋飞来了南浦的浮云，黄昏，珠帘卷入了西山的细雨。潭中倒映着闲适的云，每天悠悠然不尽，景物变换星斗飘移，不知又过了多少春秋。当年建造这滕王阁的皇帝之子如今在哪里呢？只有那栏杆外的江水空空的，兀自流淌。

《滕王阁》与《滕王阁序》实为一体。只是《滕王阁序》太杰出，往往让人忽略《滕王阁》诗。滕王阁由唐太宗李世民之弟——滕王李元婴建造，李元婴艺术才情很高，好歌舞。“工书画，妙音律，喜蝴蝶，选芳渚游，乘青雀舸，极亭榭歌舞之盛。”（明陈文烛《重修滕王阁记》）修建滕王阁就是为了歌舞享乐的需要，所以有“佩玉鸣鸾罢歌舞”之句。凭借“佩玉鸣鸾”“画栋南浦云”“珠帘西山雨”，可以想象当年热闹非凡的景象。王勃到南昌，应邀参加都督阎伯舆的宴会，一气呵成写就《滕王阁序》，活泼流动，骨力刚健，清丽典雅，极尽滕王阁之华彩与聚会的热闹，然后留下《滕王阁》诗，才最终表达王勃的胸臆。纵然宴饮的场面再豪华，最终也有落寞的一天。明朝李攀龙《唐诗训解》：“与卢《长安古意》局意虽阔，机致则同。此慨繁华易尽也！言此阁临江，乃滕王佩玉鸣銮之地。今歌舞既罢，帘栋萧条，云雨往来，景物变改，而帝子终不可见，唯江水空流，令人兴慨耳。”

叹盛衰之无常是古代文人常触及之题，王勃以滕王阁当年之繁盛反衬现在之冷清，所谓“富丽中见冷落”，画者无他，也只是描述“长江空自流”的寂寞罢了。

野望

王绩

东皋薄暮望，
徙倚欲何依。
树树皆秋色，
山山唯落晖。
牧人驱犊返，
猎马带禽归。
相顾无相识，
长歌怀采薇。

日落时分，我伫立在东皋的村头，四处怅望，徘徊不定，不知该归向何方。每一棵树都染上了秋天的色彩，每一座山都披上了落日的晖光。放牧的人儿啊，驱赶着牛群回家，猎人啊，带着猎物满载归来。大家相对而视彼此互不相识，而我将怀着“采薇”的情怀高歌。

王绩，隋末初唐人，无意宦途。隋末因举孝廉而入仕，此后数次辞官归隐，数次奉诏入朝，最后终于在贞观初年，以疾罢归河渚间，躬耕于东皋山。《野望》一诗就是王绩归隐东皋山的心意写照。薄暮时分，诗人登上东皋极目远望，此时回旋在心里的只有曹操《短歌行》中的诗句“绕树三匝，何枝可依”，而诗人也徘徊不已，像要找一个“可依”之处。此时已是深秋，秋色布满了整个树林。绵延的群山在夕阳的映照下带着光辉。不远处，放牧的人赶着牛儿返回村庄，猎人骑着骏马带着捕猎的山禽归来，诗人与他们四顾无言，并不认识，诗人无所依傍的寂寥只能通过高唱“采薇”之歌，期待与伯夷、叔齐意会了。

王绩隐居的日子，常常是在酿酒、喝酒中度过，他能意会之人也就是隐士与是魏晋名流，他不仅长歌怀采薇，怀念隐士之祖伯夷、叔齐，还向往陶渊明。“阮籍醒时少，陶潜醉日多。”而魏晋名士阮籍和嵇康也出现在他的诗中：“阮籍生涯懒，嵇康意气疏”“生何足养，而嵇康著论；途何为穷，而阮籍恸哭”。有归隐之人对淳

朴的向往，有魏晋风度的率直任诞、清俊通脱，王绩的诗中便也充满了一种朴实洒脱。清人翁方纲在《石洲诗话》中评论：“以真率疏浅之格，入初唐诸家中，如鸾凤群飞，忽逢野鹿，正是不可多得也。”

故，品王绩之诗，在“真”与“野”二字。

钓鱼湾

储光羲

垂钓绿湾春，
春深杏花乱。
潭清疑水浅，
荷动知鱼散。
日暮待情人，
维舟绿杨岸。

春天已深，在绿水湾中垂钓，杏花开得杂乱纷繁。潭水澄澈，疑心水浅无鱼，荷叶摇动，方知鱼群惊散。等待有情人到日落时分，系上小船停靠在满是绿杨的岸边。

储光羲，兖州（今属山东）人，一说润州（今江苏镇江）人。开元进士，官至监察御史。安禄山入长安，曾被迫受伪职，故为肃宗论罪系狱，贬谪岭南而死。在安禄山攻陷长安之前，他曾隐居终南山，与王维等为“伯仲之欢”，又曾与孟浩然、裴迪、綦毋潜、祖咏等交往，并互相唱酬。有这样的来往，他的诗中多田园风情也就不足为怪。他的代表作《田家即事》《田家杂兴》《樵夫词》都在真切地描绘山野风光、乡村生活，《四库全书总目》评其诗：“源出陶潜，质朴之中，有古雅之味，位置于王维、孟浩然间，殆无愧色。”可想，如若不是那段被俘接受伪职的经历，他在诗歌史上也能名声更响亮一些。

通读下来，储光羲之作重在一个“趣”字：既有乡村田野特有的“天趣”，亦时不时流露出士大夫文人的“雅趣”。而画者铺开纸张，一时竟不知该如何描摹。《钓鱼湾》系《杂咏五首》之一。《杂咏五首》就像一副五折页的“山村居行记”，读来不禁有置身其中之感。《幽人居》有山中的阴冷湿润，《石子松》内可以找到山间生活的道韵，《架檐藤》里有林丛的神秘，《池边鹤》有遗世独立的宣告，《钓鱼湾》则真实有

乡间生活的融入感。

杏花开在深春，一个小伙子独自垂钓，迟迟无鱼上钩，便开始疑心潭水过浅无鱼可钓，直到荷叶翩跹，才知道鱼群一直在那里。而直到最后我们也才知道，他之所以这么患得患失，是因为在等待心上人的到来。

意象明秀，性质清逸，作为画者，无他，唯为其添上幽人，不枉他故作钓鱼之态。

寻西山隐者不遇

丘为

绝顶一茅茨，
直上三十里。
扣关无僮仆，
窥室唯案几。
若非巾柴车，
应是钓秋水。
差池不相见，
黾勉空仰止。
草色新雨中，
松声晚窗里。
及兹契幽绝，
自足荡心耳。
虽无宾主意，
颇得清净理。
兴尽方下山，
何必待之子。

山的至高处有一座茅屋，从山下走上去足有三十里。轻叩柴门没有听到童仆的回问声，便往屋里窥看，只能看到桌案和茶几。主人不是驾着小车外出就是到秋水碧潭钓鱼去了。错过时机未能见面，白白辜负了这一片殷勤仰慕之心。新雨中的草色青翠葱绿，晚风将松涛声送进窗里。来到这里就已经感觉很惬意了，清幽雅致足可以荡涤身心和耳目。虽然没能和主人交谈，却已经能体悟到清净的道理。待到玩尽兴了就下山去，何必非要等到与这位隐者相遇。

做完图卷，远望，忽然觉得，诗人此行并非寻西山隐者不遇，而是寻西山清净且得之。

隐者是谁并不重要，隐者住所在深山绝顶之上，从山下笔直向上有“三十里”之遥。孤绝高傲，遗世独立。轻叩柴门，无人应答，窥向室内，只见案几。主人会去了哪里呢？如果不是乘着柴车出游，必是临渊垂钓去了吧？一路攀登而来，就差了那么一点点，未能见到，空负了一片仰慕之心。环顾左右，新雨中的草色，青翠，闭上眼睛，松声阵阵，这幽绝的环境已经能够让诗人的身心得到涤荡，没有得到隐者的教化，却已经被环境所感染。此时一切都不重要了，不仅仅是隐者是谁，甚至隐者是否存在，都已经不重要了。

此时让人不由地想起王子猷雪夜访戴安道的故事。王子猷居山阴，逢雪夜，忽忆起隐居

在剡溪的好友戴安道，便立时登舟往访，经夜始至，及至门口又即返回，人问其故，王子猷回答说："吾本乘兴而行，兴尽而返，何必见戴？"（《世说新语·任诞篇》）在这样一场乘兴而行、乘兴而返的事件里，本并没有戴安道，正如并无隐者一样。或者可以说，隐者便是柴门，便是案几，便是草色、新雨，也是松声、晚窗；这不是人与人的探视，而是人与物，与自然的对视。我来，我看，我返，如此而已。

诗画
浅说

中国画观点视野下的诗意画演变过程

绪 论

唐朝为中国传统诗歌的集大成阶段，自唐朝以降，便有唐人诗意画的产生，以至于今，唐人诗意画差不多成为一个固定的国画题材。在画者的绘画生涯中，唐人诗意曾无数次作为灵感闪现，在画者的创作生涯中也不停地“回顾”。近代美术巨匠徐悲鸿曾说过：“中国画必须研究古画、文学、诗歌而后方知其奥妙，余深感为憾，夫西洋画，一看便懂，不必念文学、诗歌而后知。”[1]对此画者深以为意，在几十年的绘画创作生涯中，唐人诗意画成为画者汲取中国传统文化的一个渠道，甚至于在不断的回顾此题材的过程中，画者对于诗词和绘画艺术的理解也在成螺旋式上升。此时出一本唐人诗意图的专著，既是对过去绘画创作生涯的总结，又是画者下一阶段新的艺术方向的一个开始。

唐人诗意画是一个历史悠久的题材，也有丰厚的实践以及学术积累，对前人所耕耘之成果进行一番梳理，是有必要且有很大意义的。在此画者将对唐以来的诗意图基本理论和实践做一个简单的整理，希冀能对诗意画的未来发展提供一些有用的落脚点。

第一章 诗画关系

第一节 文图切近的可能性

文图学希望融会整合文学、美学、艺术史、文化史、图像学、视觉心理学

[1] 徐悲鸿著，王震、徐伯阳编：《徐悲鸿艺术文集》，宁夏：宁夏人民出版社，1994年，第370页。

等，分析文本和图像，对内觉察个人的思维和价值观，对外呈现观看理解世界之道。[1]

文图学自有其合法性，文图切近的大前提是人们对世界的体味是由人们五感吸收外在信息后的统一感知处理。所谓“共情”与“通感”的理论实际上是触碰了人类接受外在信息并提炼升华的途径。

在文学和美学的具体环境中，最大的应用就是体现在诗画关系上。古希腊抒情诗人西蒙尼得斯（Simonides of Ceos）曾有断言：“画为不语诗，诗是能言画。”后来在《拉奥孔——论诗和绘画的界限》中德国启蒙运动美学家莱辛（Gotthold Ephraim Lessing）在从媒介、题材和感官的角度对比过诗与画的异同，这在西方是一个探讨诗画关系的起点。在中国从先秦始，文图关系经历了创作与理论的冗长的磨合，在北宋阶段由苏轼形成了一个较为完备的理论，甚至提出了“诗画本一律，天工与清新”的说法。这条文图理论之所以由苏轼提出，并不单是因为其本身的诗书画作者合一的身份，更重要的是由于他所处的时期为他提供了足够的范本进行研究。在宋朝以前，文图之间的地位经过了几番交错，在大部分时期绘画的地位是低于诗歌的，这一点我们姑且认为是因为人类文明的发展是由语言到视觉的接受顺序而导致的必然现象。囿于绘画地位相对较低的情况，似乎对二者进行一番严肃阐述及理论架构不足以在艺术史中产生较为有效的影响，然而在唐宋期间这个情况得到改善。首先是五代的画院制度沿袭到宋朝已经形成规范，并在宋徽宗的喜好下开始广泛吸收画院画家，这在提高画家地位的同时也提高了绘画的地位，并且当时院体已自觉寻求与文学结合的途径，而皇家成员也越发多地参与到有关绘画艺术的理论和实践当中，如宋太祖下诏编纂文图互见的《三礼图》，并绘于国子监讲堂，“使文人从‘望文想象’的文字空间进入‘观其形模’的图像空间，文人对于图像的直观、便捷、准确的优势，会有更深刻的体会”[2]；更有甚者，文图切近逐渐成为宋代皇家礼仪建构的一种途径，并形成多种文体形式，如欧阳修（1007—

[1] 衣若芬：《“文图学”就是看世界》，《社会科学报》，2019年。

[2] 史正浩：《宋代金石图谱的兴起、演进与艺术影像》，南京艺术学院博士论文，2013年。

1072)、王安石（1021—1086)、苏轼（1037—1101）等北宋名臣，都曾作有移送大行皇帝御容图的诗作、诏敕、口宣、斋文、祝文和歌辞。在这个大环境下，文图切近的可能性基本确立，之后的绘画与诗歌的交错也开始了有理论支撑的不间断的实践活动。

而到了现代，从学界来说，叶维廉是中国最早系统提出现代文图理论的学者，该理论的提出集中于1960年代。他的中西比较诗学建立于1970年代，文图关系理论构成其比较诗学的重要组成部分。这些由诗衍生的画和为画而作的诗，叶维廉称它们之间“既同既异，不同不异，同同异异，自有其趣味在焉”；诗画之“同”存在于“最深处的相契相冥”。[1]

至此，文图关系具体到美学的实践中——诗画关系已基本形成定论，有关其可能性和合法性的讨论则更多地要转向如何更加完善地进行文图转化（诗画转换）上，而这个课题是文学界和美术界应该一起共同思考的。

第二节 唐人诗意图的主导性

综合古今中外的艺术观，一般都是从文图大关系中诞生出诗画相生的情形，而在我国，诗画相生的重点又在唐人诗意图中，换句话说，中国诗画互文的主要发生地是在唐诗之中。这种由一种诗歌形式主宰的诗意图的现象在国外艺术作品中并不常见。究其原因，主要可以从诗歌和绘画两方面来理解。

从诗歌的角度来看，中文诗歌史的重镇是唐诗。在《给杨雾云的信》中鲁迅说过：“一切好诗，到唐已被作完。”回顾中文诗歌的历史，首先从先秦时期以诗经的上古天真为代表，再到后来的汉乐府韵律初具规模，又到三国两晋时期建安七子的群星璀璨，诗歌已经有过几次小的高潮。尤其在两晋时期还产生了大量的诗歌评论，如刘勰的《文心雕龙》、萧统的《文选》、钟嵘的《诗品》等，这些评论对诗歌的内容、思想、鉴赏产生了巨大作用，不论从诗的意境上还是诗歌语言的规范上都有涉猎。诗歌作为一种文学形式，无论从量的发展，还是理论的提取，都为唐诗的兴盛做了实践和理论上的充分准备。而从社会发展上

[1] 叶维廉：《叶维廉文集》卷四，合肥：安徽教育出版社，2002年，第276—280页。

看来，唐朝可算是中国历史上政治和经济的一个高峰期，思想上的宽容度也较高，从社会的角度来看也为诗歌这种精神产品的大发展提供了物质土壤。虽然如果要列举汉语诗歌的双璧，首当选取唐诗与宋诗，从传统的“诗言志”的价值取向来说，人们对唐诗的认可度更高，所以诗意图大多选取唐诗为蓝本。同时，唐诗更注重情感，宋诗则侧重说理。诗画相通之处也在于二者对感情的抒发，因而唐诗比宋诗更容易进入到诗画合一的视野之中。

从中国画发展的角度来看，作为一个画种，中国画在唐朝算是进入萌芽期，从宋朝开始进入一个规范及繁荣的阶段。所以在唐诗之后的中国画要寻找文本作为素材，天然地就有了时间上的优势。唐诗里有诸多派别，如山水田园诗派、边塞诗派、浪漫诗派、现实诗派，等等，它们又为诗意画提供了丰富的内容。作为宋朝那些随时在寻找绘画素材的画家，自然把眼光投向离自己最近的唐诗之中，而在宋朝的诗画关系基本确立之后，中国画这门极为注重传承的学科，在之后各个朝代从素材的选取上也沿袭了使用唐诗的习惯，甚至正是因为有前人对唐诗的描绘，才激发后学继续画出唐人诗意图以与前人进行对比与学习。

第三节 诗画之两种阐发关系

诗与画既然是同源而异辙的两种艺术形式，在结合的过程中就会互相渗透，画中的构图和颜色用来描绘事物景色，从而表达出画者的内在思想，诗则利用文字直接对事物直接进行描绘，并需要读者从语言中把感情进行加工与提炼。方式截然不同，但都是情感与物质世界刻画的交融。而在诗与画的结合过程中，使用语言描绘景物的古诗词中包含着无边的画面，使用线条和构图来描绘事物的画中也蕴含着无尽的诗意，并无褊狭。而在实际产生的过程中大抵分为由诗及画和由画及诗两个路径。

1. 由诗及画

首先从绘画内容来看：画作的世界由诗词启发，用绘画来表述诗词的内涵。据后魏孙畅之《述画记》记载，东汉时期的刘褒的《云汉图》和《北风图》是对《诗经》中《云汉诗》和《北风诗》的情景的再现。而《晋书·顾恺之传》中记载，东晋顾恺之常画嵇康的诗："恺之每重嵇康四言诗，因为之图，恒云：'手挥五弦易，目送归鸿难。'"现存最早的此类作品就是顾恺之根据曹植的《洛神赋》所作的画。晋代之后，为诗作画的风气愈发浓厚。宋代郭熙便从前人诗作中摘句，作为其画作的灵感来源。他在《林泉高致》第二篇《画意》中指出："更如前人言：'诗是无形画，画是有形诗。'"到宋徽宗时期，画院在考试中也采用依诗作画的方式，要求在画中表现出诗的意境。其中较为著名的诗题如"竹锁桥边卖酒家""蝴蝶梦中家万里""野渡无人舟自横""踏花归去马蹄香"，其以诗意入画的导向性也可见一斑。再到后来，甚至产生了为唐宋诗词专门绘制的画谱。

再从绘画的技法来看：李浩先生认为，是画家受诗歌创作中仰观俯察思维的启迪，才形成了画苑"散点透视"的方法。唐诗在中国画透视方法的形成过程中，具有承前启后的重要地位。[1]这种学术方法至今还在文学批评界沿用，即在批评唐朝诗歌，尤其是山水田园诗作的过程中，散点透视的视觉拆分尤为常用。这也是作为绘画这种空间艺术能与山水田园诗共鸣的地方。如果按照这个逻辑，画者忖度人物事件类的诗歌倒是可以与音乐这种时间艺术进行交汇，所谓的交响乐诗大约也就是这样的交错的产物吧。

2. 由画入诗

画中题诗主要指的是"题画诗"。题画诗也是绘画章法中的一部分。所谓中国画"诗书画印为一体"中的诗主要指的是题画诗，其中诗的水平也是衡量画作能力的一部分，同时题诗过程也能展示画家的书法水平。我国古代长期存在扬诗抑画的现象，魏晋时期陆机、张彦远等作家开始注重提升绘画的地位，直至唐宋时期，一部分人依然对绘画存在歧视。究其原因，还是因为绘画缺乏诗性。要想在画中融入诗性，有效改善扬诗抑画的现象，提升绘画的地位，使得"画中有诗"[2]，这是唐人诗意图产生的动力与契机，而这也为宋朝时中国画

---

❶ 李浩：《唐诗美学精读》，上海：复旦大学出版社，2009年，第50页。

❷ 赵静文：《诗与画的相互渗透》，《文学界（理论版）》，2010年6月，第267–268页。

地位的提升提供了一种解释。

而唐人诗意图对于中国画的启发，除了其具有较高的意境（画面感）与艺术感染力之外，它还为中国文化中的许多因子的定型起到了巨大的作用。比如在中国传统文化中有十二月花神之说，其中一个版本中唐代人物便占了三个，即一月梅花江采苹，二月杏花杨玉环，五月石榴公孙氏。[1]结合徐悲鸿对中国文化的整体概括来解释，诗画以及其他文化中的因子确实也是融会贯通的。按照这个逻辑，诗歌对画的启发甚至不需要直接接触，通过文化因子的传递就可以间接地对绘画艺术进行塑造，而文化因子的融会作用，也是普遍被学界所忽视的。

第二章 唐人诗意图的发展

第一节 唐以前诗意图及唐宋元时期唐人诗意图的发展

1. 早期诗意图作品

西晋画家卫协根据《毛诗序》所画的毛诗草木鸟兽图，可以看作最早期的诗意画作品。东晋画家顾恺之把张华的文学作品《女史箴》分段，一段一段绘制成画，成作《女史箴图》，这是他初次使用绘画形式改编文学作品。其之后的《洛神赋图》则是根据曹植《洛神赋》而作，可以算是真正的诗意图。

2. 唐朝，唐人诗意图逐渐萌发

首先来看唐人的绘画意识。唐人往往好依诗作画，或把诗题写在画面上，使诗、书、画三者融为一体，从而收到更好的艺术效果。[2]唐朝的唐人诗意画产生来源更多的是唐朝诗人对绘画的自觉。唐朝官员士大夫开始了绘画创作，以“司马”“太守”“侍郎”“舍人”“少府”“中书”“协律郎”“秀才”“员外”“居

---

[1] 万德敬：《明清唐诗诗意画的文献辑考与研究》，西北大学博士论文，2013年。

[2] 张忠纲：《<唐诗画谱>序》，见于［明］黄凤池编，綦维、赵睿才、梁桂芳整理《唐诗画谱》，济南：山东画报出版社，2007年。

士”等特属于文士之称谓为诗题的作品俯拾皆是。如李白的《当涂赵炎少府粉图山水歌》，又如杜甫的《奉先刘少府新画山水障歌》，再如皎然的《观王右丞沧州图歌》，等等。同时还出现了士大夫文人以绘画作品为中心而赋诗唱和的现象，如白居易因画赋诗一首，如张籍和诗一首《答白杭州郡楼登望画图见寄》。这是因为：第一，士大夫文人掌握一定的绘画技法，并涉足绘事，逐渐成为一种普遍现象；第二，那些不熟悉绘画技法的士大夫文人，也通过欣赏、批评的方式，以文学介入绘画，并将此种行为看作游艺的一种。唐人虽未提出“诗画本一律”或“士人画”的理论，但就流传下来的题画诗看，唐代士大夫文人涵泳艺术，作画、赏画并题诗评画，已是有据可查的艺术史实情了。[1]

在唐朝诸多诗人当中，王维可以说是创造性地实践了诗画一律。苏东坡在《东坡题跋 · 书摩诘〈蓝田烟雨图〉》中写道：“味摩诘之诗，诗中有画；观摩诘之画，画中有诗。诗曰：‘蓝田白石出，玉川红叶稀。山路元无雨，空翠湿人衣。’”[2]可以说王维是用实际行动实现诗画理论的第一位诗人，而他的诗人与画家的双重身份又是首先由苏东坡进行指出。苏东坡在《题王维画》中写道：“摩诘本词客，亦自名画师。平生出入辋川上，飞鸟鱼泳嫌人知。山光盎盎著眉睫，水声活活流肝脾。行吟坐咏皆自见，飘然不作世俗辞。高情不尽落缣素，连山绝涧开重帷。”在《次韵黄鲁直书伯时画王摩诘》评价：“诗人与画手，兰菊芳春秋。”在《王维吴道子画》中云：“摩诘本诗老，佩芷袭芳荪。”而王维本人所作画《辋川二十景》，与《辋川集》中的二十首诗更是相互应和。

唐朝处于诗人勃发的时期，由诗人自己创作诗意图得天独厚。虽然数量不多，也极为依赖诗人本身的绘画能力，总的来说也算是唐人诗意图的发端。

3. 五代时期，诗意画的一丝痕迹

南唐画家周文矩是人物画专长的画家，他的《重屏会棋图》中人物身后屏风上画白居易“偶眠”诗：“放杯书案上，枕臂火炉前。老爱寻思事，慵多取次眠。妻教卸乌帽，碑与展青越。便是屏风样，何劳画古贤？”虽然不是对诗

---

[1] 李制：《苏轼艺术思想中的文图关系研究》，东南大学博士论文，2018年。

[2] [宋] 苏轼：《东坡题跋》，杭州：浙江人民美术出版社，2016年，第166页。

歌内容或者情感的直接抒发，倒是可以算作是对唐诗的另一种引用。

4. 宋朝，诗意画蓬勃的发展期

唐朝诗意图的发端更多的是一种实践中的交流，如“诗画互赠”“诗画交友”等诗书画一体的思路只是在艺术作品的产出者身上自觉出现。正如高居瀚所言：“诗意画在中国刚出现时，更多是被辨识和体验出来的，而不是被有意创造出来的”。[1] 而到了北宋时期则出现了以苏轼为代表的文人集团提出的“诗画一律”等理论，同时在宋徽宗的画院体制内的画工以及米芾为代表的士大夫阶层的大量绘画创作者的支撑下，诗意画进入了较为蓬勃的发展期。

苏轼的理论建立：

苏轼是第一个系统提出“诗画一律”理论的人。而这个观点之所以在他身上诞生，是因为他在文学、书法、绘画多种艺术门类都汲取了全面的艺术素养，同时他又站在一个更高的位置来梳理诸多艺术门类。站在大时代的角度来思考，自然容易产生这种文图一致观，陈师道《后山诗话》中记录苏轼的话：“子美之诗、退之之文、鲁公之书，皆集大成者也”。

苏轼的“诗画一律”，便是出自这样一个文化类型的“集大成”观。而从今之角度来观赏苏轼的书画观点，诗画融为一体的自觉使他的作品有以下特点：其一，其文学作品的画面感非常强，如“乱石穿空，惊涛拍岸、卷起千堆雪”“桂棹兮兰桨，击空明兮溯流光。”其二，其画作的笔墨语言有意识地将审美体验引向文学典故和哲学传统。其三，他以绘画题跋的形式论述诗画思想，使作为文学体裁的题跋诗文，成为沟通诗、画的枢纽。[2]

苏轼理论的实践：

“熙宁七年画工与士大夫在从事绘画人群中所占比例分别是43.89% 和

---

[1] ［美］高居翰：《诗之旅：中国与日本的诗意绘画》，北京：生活·读书·新知三联书店，2012年，第2页。

[2] 李制：《苏轼艺术思想中的文图关系研究》，东南大学博士论文，2018年。

47.51%。”[1] 北宋期间从事绘画创作人员的数量剧增，这为苏轼的理论实践提供了大量的机会。但是在这期间，侧重点又有一些不同。

首先，以宋徽宗为代表的画院派经常会因其画院的入试考题而被提出作为北宋“诗画一律”的证明。但是宋徽宗的画院派之诗意入画跟文人画中的还不太一样，其更多的是把诗作为一种隐喻和典故引入。“最主要的区别在于苏轼等人的题跋往往是观者与画面产生的情感共鸣，两者并无明确的‘诗一画’指向关系。离开诗文，山水画照样能体现诗意，两者不会相互影响，没有互补及共存关系。但宋徽宗作品中的诗画关系如果缺失了画面中诗文的存在，便无法准确地理解他的寓意。图像所暗藏的隐喻或‘密码’只有在他的诗文中才能找到。”[2] 也有学界的说法认为是因为画工诗学修养不够高，为了提升画的内涵而不得已采用此方法。

与此相反，苏轼一派的文人集团由于学养上的天然优势，花了大量工夫挖掘诗与画背后的内涵，这其中独树一帜的画家李公麟更是如此。其一，李公麟真正做到绘画和文学的融合，并受到了文人集团的认可，以及画院内画工的膜拜。苏轼曾赞李公麟为“古来画师非俗士，妙想实与诗同出”。[3] 其二，李公麟对杜甫的特殊关注在那个时代进一步推动杜甫“诗圣”影响力的同时，也成就了自己。“杜甫的‘诗圣’地位虽晚至明代才得以确立，但早在北宋，既已被视为集古今大成的诗人，成为文人效法和尊崇的对象。《宣和画谱》谓李公麟‘得杜甫作诗体制’，不仅将杜甫作为诗人群体的代表，也体现了宫廷画论家对杜甫诗法的推崇。”[4] 而正是他对杜诗的阐释以及后来傅抱石对杜诗的关注启发了画者对诗意画的最初思考。

南宋时期诗意画尤其是唐人诗意画没有划时代的发展，但出现了“对幅诗

---

[1] [元] 脱脱：《宋史 · 文苑一》，北京：中华书局，1977年，第12997页。

[2] 顾平、牛国栋：《北宋晚期艺术创作对“诗画关系”的不同诠释》，中国美术研究，2017年4月，第78-86页。

[3] [宋] 苏轼：《次韵吴传正枯木歌》，收录于 [清] 王文诰辑注：《苏轼诗集》1-8册，北京：中华书局，1982年，第1961-1962页。

[4] 于广杰、史宝莉：《北宋文人画思潮与李公麟绘画的诗兴意趣》，内蒙古大学学报（哲学社会科学版），2019年，51(04) 期，第67-74页。

画”。“对幅诗画”是将装裱形式格外融入创作思考的一种绘画样式，分为绘画和诗题书法两部分。绘画部分主要由宫廷画家完成。两个部分书写绘制的材质和尺寸相同，一般以诗画相对的形式装裱于同一册页当中。明确将对幅诗画作为一个专题梳理的学者应该是高居瀚，他在《诗之旅：中国与日本的诗意绘画》一书中将海内外存世的南宋对幅诗画进行了较为全面的整理和组对。[1]

5. 元代，文人写意花鸟画空前发展

元代由于时间较短，文化上又是蒙汉文化交织，诗意画方向上更多是起到了一个承上启下的功能。但正由元代统治者是蒙古族，民族之间阶层之间的矛盾较为激烈，很多文人都处在一种精神上的无所依傍的状态，在这样的失意中，他们的书画往往具有较高的精神性，而诗意画以其丰富的内涵成为他们较多选择的艺术形式。文人写意花鸟画空前发展，以水墨为表现形式的工笔花鸟画扩大了花鸟画的表现技法。形式上向文人画拉近，花鸟画“题画诗”也逐渐与画面相结合。[2] 潘天寿在其《听天阁画谈随笔》中写道：“吾国唐宋以后之绘画，是综合文章、诗词、书法、印章而成者。其丰富多彩，亦非西洋画所能比拟。”[3]

第二节 明清时期唐人诗意图的蓬勃发展

明清两朝是唐诗学的繁荣期，也是中国绘画发展的一个重要时期。在近六百年的时段里出现了一个耐人寻味的艺术现象——画家们大量地创作唐诗诗意画。明清时期中国出现了资本主义萌芽，市民阶层壮大，同时又由于中国传统文化近两千年的积淀，整个社会的文化程度普遍较高。这些是明清唐人诗意画产生的背景和基础，同时也对唐人诗意画的创作提出了较高的要求。[4] 可以说明清时期是唐人诗意画的纵深发展期，此时的诗意画无论是从理论还是实

---

[1] 何建波：《南宋“对幅诗意画”的制作及流变——以<御题马远山水册>及其伪作为例》，南京艺术学院学报（美术与设计），2019年03期，第131–135页。

[2] 李培裕：《诗情画意》，天津大学博士论文，2017年。

[3] 刘曦林编著：《诗画论》，桂林：漓江出版社，1986年，第29页。

[4] 万德敬：《明清唐诗诗意画的文献辑考与研究》，西北大学博士论文，2013年。

践上，无论是社会政治还是文人思想上，都做好了大发展的准备。在这段繁荣发展阶段，有几个值得我们注意的特点：

1. 人物、山水、花卉三科分类

中国文化本身并不依托严谨的学科分科，而是散落分布，百花齐放式地发展，这给理论提取造成一定的困难。元末陶宗仪在《辍耕录》里虽有画家十三科的总结，但即便如此，这个分类也未免过于琐细。明清时期，得益于诗意画的发展，结合诗歌题材以及艺术与现实的必然形式分类，中国画的人物、山水、花卉（花鸟）三大类分科逐渐形成。这个大类的分法至今为国画艺术家所沿用，也算是诗词对国画的一个技术性提点。

山水画

中国文化中对于山水的热情应该是超越任何一个其他文明的，自古文人雅客便极为重视在山水游历，并自我要求将山水精神内化为自己的精神，甚至于与视觉系统不一样的听觉系统中，古琴演奏都以高山流水为题。古人对于人进入到山水中，又将山水融到自己的内在这样的转化极为看重，并以此形成了一些固定的美学观点。中国画的发展结合唐诗中对景色的描写，形成一个山水画的分支，也可说是水到渠成。

人物画

唐诗中有大量的叙事诗歌，在这样的重复传唱中固化了很多人物形象，如西施、李广、苏武、李白、杜秋娘、杨贵妃，还有类型化的形象如贫贱女、征夫、歌舞伎、闺怨女、宫女等形象，这些都为诗意画的创作提供了重要素材和理论依据，以至于形成了程式化的形象，如薛涛对应才女形象，杨贵妃的出浴、醉酒、晓妆、上马、玉殒素材中无论如何都要突出“环肥”特点的要求。

花鸟画

存世唐诗五万三千首，共描写了379种植物。其中排在前十位的有柳、竹、松、荷、桃、笞、桂、兰、梅、菊。唐诗中花卉甚多，既与唐朝时期经济大发展，对外交往频繁，国外的植物品种大量涌入有关，又与武则天、唐玄宗个人对花草的喜好有密切联系。尤其是唐诗以歌咏美好事物为目的，在无数诗歌的对照下，植物便格外丰富，如果有人专门做唐诗中的植物图鉴，恐怕唐朝时期的常见植物种类都可以做一个比较系统的研究课题了。

2. 较为入画的唐诗题材

纵览明清的诸多唐人诗意图，不难看出，某些诗人的某些作品格外受画家的青睐。这一方面是因为这些作品较为入画，另一方面跟这些作品中塑造的艺术形象比较深入人心有关。

白居易

在这些诗人中，白居易的诗入画较多，这与他的诗风较为贴近老百姓的生活有关。其中《琵琶行》至少有34幅诗意图。这其实很好理解，因为《琵琶行》描述的“天涯沦落人”的形象不光在明清，在任何一个时代都很容易引起共鸣。而文嘉、吴历、袁江甚至都有二至三幅作品，可见画家在人生的不同阶段，对相同的题目都有不同的“注解”。白居易的《长恨歌》也有不少画作，这段存在于唐玄宗与杨贵妃之间的爱情故事，以及因之引发唐朝命运重大转折的“安史之乱”是一个较为重大的课题。另有《问刘十九》《晚秋闲居》《玩迎春花赠杨郎中》等诗，也分别被不同的画家选为绘画题材。

杜甫

杜甫极为受书画家的青睐，应该算是入画最多的诗人之一，而且某些画家只作杜甫诗歌的意象画。杜甫的很多诗歌也被不同的画家选取作同题画，如《饮中八仙歌》《秋兴八首》《陪诸贵公子丈八沟携妓纳凉晚际遇雨二首其一》《南邻》《严公仲夏枉驾草堂兼携酒撰，得寒字》《七月一日题终明府水楼二首》，其中《饮中八仙歌》差不多有二十多幅作品。可见“饮中八仙”也作为一个文化符号被固定了下来。

李白

李白的诗，恐怕没有人不喜欢，如果穷尽所有诗意画，李白和杜甫应该是平分秋色的。就画者个人而言，风格其实也更多偏重李白，单是《春夜宴从弟桃花园序》画者就重复过很多次，此诗在明清时期也时常入画。《蜀道难》也因为“剑阁”意象较为突出而多次被选中。

另外王维作为诗画融合的鼻祖，自己也有不少诗意画作品，其诗歌更是由于其意境的悠远禅意而被人无数次描绘。几乎所有入选《唐诗三百首》的诗人其诗都或多或少被画家选作题材。

总的看来，明清时期是唐人诗意画的重大发展期，尤其是喜欢在画中蕴涵内容的文人画在这个阶段也逐渐有了较为明晰的思想，寓画以诗意，无论是偏向意境还是偏重于典故，都有呈现。

第三节 近现代诗意图的情况

到了近现代阶段，诗意图便不再呈现大喷薄的状态，而是零星散见一些画作，成规模、大形制的作品集较为少见，理论方面也鲜有进步。参与过诗意画的画家有溥儒、贺天健、刘海粟、谢之光、傅抱石、刘凌沧、李可染、任率英、刘继自、程十发、华三川、林凡、刘旦宅、戴邦敦等一些现当代的画坛巨擘。在这个阶段，有几个比较典型的课题值得特别关注。

1. 陆俨少的《杜甫诗意图》百开册页

陆俨少与杜甫的缘分较深，最初因杜诗开蒙，抗战期间流寓西南，入蜀前只带一本《钱注杜诗》，眼前的巴山蜀水和胸中的杜公诗集让其愈发与杜甫心意相通，于是在一九六二年即杜甫诞辰一千二百五十周年之际拟作少陵诗意图四十幅，后经吴湖帆的鼓励又将其画至百幅。后历经“文革”被盗、陆氏补作等世事变迁，在2004年北京瀚海春季艺术品拍卖会上以6930万元人民币成交，从而又一次高调进入大众视野。

陆氏之作，乃是启发画者作百开册页的源头。之前画者只是零星点点，因对某诗特别有想法才将诗入画，可若真对唐诗有大的体味，非经大量繁复的描画不可得之。

陆之册页的价值如吴湖帆所云：“因为册页必须幅幅变异，笔墨章法风格设色应不一样，才不致令览者意倦，而有逐幅新鲜引人入胜之妙。一部册页完全是山水，作者必须掌握多种笔墨，具备各种技法，展示面目，层出不穷，而后可以胜任，这是不容易的。”陆之造诣，吴之判断，一直是画者完成整卷册页的理论指导。

2．杜甫诗所得到的偏爱

或者是因为有杜甫草堂的存在，杜甫的生平资料较多地得到了保存，也更多地为大众所了解，近现代包括刘海粟、冯建吴在内的不少画家都有至少一两幅杜甫诗意图存在。另外杜甫草堂博物馆的工作人员也不失时机对这些画进行了研究，反过来又促进了对杜甫的学术研究，而对杜甫的深入了解又促使更多的画家愿意选择杜诗作为诗意画的主题。这样的循环使得杜甫诗意图相对而言更加多见。

3. 傅抱石的诗意图缘

现当代的诸多画家中，对诗意图这个形式较为关注的当属傅抱石了。傅从诗词中汲取养分较多，最早就有《九歌》图册，后又于1948年作一套《唐人诗意》图十六开册页，涉及李白、杜甫、白居易、王维四大诗人各四首共16首诗。后凭着敏锐的直觉和对于毛泽东诗词的感动，开始了毛泽东诗意画的创作，至此他的诗意画创作进入了一个全新的领域和高超的境界，这让他的绘画充满了大气磅礴的生命力，为傅抱石诗意画增添了浓墨重彩的一笔。[1] 从傅抱石的经历，可以看出，诗歌与画艺其实是相互滋养的。在中国画的表层技术技法、颜色构图之外，最打动观者的还是画中的诗意，正是在毛泽东的诗意的浸润下，傅之画作才格外的宏大。

---

[1] 郭美丽：《傅抱石诗意画研究》，江西科技师范大学硕士论文，2017年。

第三章 画者个人的创作体会

第一节 诗画的翻译理论以及应用

中国的艺术观有关诗意画的部分将绘画视同“翻译”，二者的类比是“中国审美传统类似感受的自然表达，源于对‘象’和‘言’中的契合功能的认识”。[1]这样的类比倒是能够清晰形象地说明不同诗意画的呈现方法。

1. 全译

全译力求完整地传达原作的内容和意义。画者大部分的诗意画都属于这种，四句内的诗歌也全文抄入。在这里还有“直译”与“意译”的区别。直译指的是以型入画，以人物、故事等物质要素入画。这样的诗意图基本一眼便知。而“意译”是以诗的内涵、情感等要素入画，这一层基本是观者在题诗的指导下结合对诗歌的理解更加明确画的深层含义和意境。

2. 变译

变译是指采用增、减、编、述、缩、并、改、仿等变通手段摄取原作有关内容的思维活动和语际活动。[2]变译中诗歌起到的作用更多的是一个灵感的提示，也不对原诗的情感和思想等进行阐述。另外有些画中加一两句题诗的情况，也可以看作是广义的诗意画。

第二节 诗意画及一些杂想

作为中国古诗和中国传统绘画的双重爱好者，画者感到非常荣幸能有机会接触这两项中国传统艺术形式，并将二者融合。中国文化极为重视传承，这与其他文明有所不同，但是中国文化又是活着的古文明，这显示了它强大的生命

---

❶ 庞秀成、刘莉：《学术话语二元构成视角下的中国翻译绘画类比》，东北师大学报（哲学社会科学版），2007年05期，第142-143页。

❷ 李亚舒、黄忠廉：《科学翻译学》，北京：中国对外翻译出版公司，2004年，第3、20、56页。

力和永远在涌动的活力。在画者多年的绘画生涯中，每每对书画艺术感到困惑不得前行的时候，就采用描绘唐人诗意画的方式磨砺自己，并因此每每对艺术产生了新的理解。可以说唐诗滋养了画者，也是画者在学科之外的老师。

不仅中国画受益于诗歌，书法艺术与诗歌结合得更多。在当代，书法的实用性已经褪去，人们对书法的艺术性欣赏点只剩下线条章法等要素，对此内容现在暂不作过多讨论，在这种情况下，诗词，尤其是唐诗就经常被用来选作书法作品的书写内容。可以说对很多书法作品来说，诗词内容是整个作品的骨架，而书法艺术本身则是建构在这个骨架之上的肌肉。皮之不存毛将焉附，对于书法来说，诗词的地位尤为重要。

每次停留是为了更好的出发，自此，对唐人诗意图的梳理让画者为之后中国画创作的思路更为清晰，对诗意图的历史的审视又给画者一些新的灵感和启发。“长风破浪会有时，直挂云帆济沧海。”先贤之述备矣，唯愿后辈后学能继续在诗意图这片土地耕耘下去，继往开来，为中国画的繁盛各表自己的独树之枝。

后 记

倾心研究唐人诗画十多年时光，手头累计草图画稿多达三百五十余件，创作成品画作二百余幅，总想有一天能付梓出版，以示众人。辛丑岁尾，《画说唐诗》一书由上海三联书店正式出版，也算完成了自己一桩不小的心愿。

数年前曾有机会陪同荣宏君先生到上海三联书店确认他的《季羡林说佛遗稿》出版日期，并为之作序言一篇。闲聊之余，议起能否把唐人诗意图画作品结集出版，荣先生深表赞同并提议在逐步推进书画创作的同时，加强文案工作的梳理，从而形成了今天图文并存的局面，使《画说唐诗》一书内容形式更加丰富。在此对百家讲坛名师荣宏君先生表示衷心感谢！同时，对本人诗意创作备加关注的当代诗词泰斗周笃文先生、著名艺术理论家杭春晓先生更是为本书倾情作序，在此深表感谢！

唐诗是中国文学艺术的一座高峰，令人仰止。近代傅抱石先生对唐人诗意图画的创作亦是一座高峰！本人才疏学浅，书中不足不当之处，还请方家指正。在唐人诗意图的创作过程中对唐人服饰难以把握之处，对傅先生画作多有参考，特此说明。虽有依样画瓢之窘地，贻笑大方，然以抱石先生之雅量，当不介意吾辈之偷师也！

江山多胜迹，吾辈复登临。此次出版只是一个开始，它将促使我追寻着前人的足迹，继续坚持对唐人诗意意境的探索研究，不断创作出更多更好的国画作品，不负时光韶华！

张风塘　辛丑冬至记于芝泉斋